전 그게 참 좋네요
그냥 당신이라서
당신이 거기 있어줘서

전 그게 참 좋네요
그냥 당신이라서
당신이 거기 있어줘서

이재인 지음

다연
DAYEONBOOK

당신의 이름이라는 것, 전 그게 참 좋네요.

그냥 당신이라서, 당신이 거기 있어줘서…….

당신 곁을 조용히 지키는 그런 이름, 그게 나이고 싶었어요.

그냥 그랬다고요.

CONTENTS

03 사람에 익숙해지고 싶던 순간들

사랑에
익숙해지고 싶던
순간들

사랑은 오래 참고, 친절합니다.

사랑은 시기하지 않으며, 뽐내지 않으며, 고만하지 않습니다.

사랑은 무례하지 않으며, 자기의 이익을 구하지 않으며,

성을 내지 않으며, 원한을 품지 않습니다.

사랑은 불의를 기뻐하지 않으며, 진리와 함께 기뻐합니다.

사랑은 모든 것을 덮어 주며, 모든 것을 믿으며,

모든 것을 바라며, 모든 것을 견딥니다.

고린도전서 13:4-7 새번역

이불킥은
나의 꿈

누군가를 사랑한다는 것은 자신을 그와 동일시하는 것이다.

아리스토텔레스

전 아이언맨이 아니에요. 그래서 당신을 데리고 날 순 없어요.
그렇지만 당신의 손에 살포시 깍지를 껴 달릴 순 있어요.

전 슈퍼맨이 아니에요.
그래서 당신을 힘들게 하는 사람들로부터 지킬 수 없을지도 모르
겠어요.
하지만 그때 그런 당신을 품에 꼭 안아주며 위로를 건넬 순 있어요.

전 잡스가 아니에요.
그래서 많은 사람 앞에 서긴 힘들지도 모르겠네요.
다만, 지금 사랑하는 사람 앞에 서 용기를 내 진심을 표현할 수 있
어요.

어쩌면 오늘 자기 전 이불을 찰지도 모르겠습니다.
근데 당신을 보니 오늘 이불을 까는 것도 나쁘지 않겠다는 생각
이 드네요.

그래서 하고 싶은 말이 뭐냐고요?

그냥 그렇다고요.

당신을 볼 때면 나도 모르게
슈퍼히어로가 된 나를 꿈꾼다는,
뭐 그런 얘기죠.

세상에서
가장 완벽한 이상형

사랑은 누군가를 너 먼저 두는 거야.

〈겨울왕국〉

"야, 너 이상형이 뭐야?"
"이상형? 글쎄, 키는 작아야 되고 얼굴도 동글동글하고, 음……."

사람들이 내게 이상형이 뭐냐고 물어봤을 때, 나는 선뜻 대답할
수 없었다.

누군가를 좋아하면서부터 그 사람이 내 이상형이 되었고, 남이
내게 이상형이 뭐냐고 물어보면 나는 그 사람부터 떠올렸으니까.

사람은 누구나 자신의 이상형에 대해 말하곤 한다.

하지만 이상형이 정말 있을까?

어쩌면 키가 작고
얼굴도 동글동글해야 한다는 이상형은
널 두고 하는 말일지도 모르겠다.

그냥 뭐라도
되고 싶었어요

사랑은 바람과 같다. 볼 순 없지만 느낄 수 있기 때문이다.

니콜라스 스파크스

가끔 눈을 감을 때면 기타를 들고 당신 앞에 서는 날 상상할 때가
있어요.
코드도 모르고 악보도 볼 줄 모르는, 아는 건 계 이름뿐인 나이지
만……
한 곡, 그 한 곡만큼은 정말 멋지게 연주하는 거예요.
그렇게 당신의 입가에서 '와아'라는 탄성이 나올 만큼 웃음을 주
는 그런 사람이고 싶었어요.

그냥 뭐라도 되고 싶었어요.
수평적인 관계에 놓인 당신과 나.
생애 단 한 번 이 애매한 우주에서 이렇게 확실한 감정을 느끼게
해준 당신에게 뭐라도 되고 싶었어요.

준비된 사람이고 싶었어요.
마음만 앞섰지, 사랑을 주는 법을 몰랐던 난 당신에게 뭐라도 되
고 싶었어요.

바람이고 싶었어요.
당신이 '호' 불면 날아가 언제 그랬냐는 듯 어느새 당신에게 불어
오는 바람이 되고 싶었어요.

바람이 불어오는 곳이 어딘지
또 어디로 부는지 모르지만, 모르면 어때요.
당신 곁을 조용히 지키는 그런 이름,
그게 나이고 싶었어요.

이런 거 보면 나도 참, 당신에게 관심 많이 받고 싶었나 봐요.
이미 답을 아는 단어 뜻도 물어보고요.
괜히 공적인 질문을 핑계 삼아 당신에게 이것저것 말 걸었단 건
모르겠죠?

우연히 채널을 돌리다 멈칫했어요.
영화 속 타이타닉에 나오는 멋쟁이 디카프리오만큼은 아니어도,
포레스트 검프처럼 바보 같지만 한 여자를 꾸준히 좋아해 결국
사랑에 성공하는 장면이더라고요.
한편으론 부러웠어요.

그냥 그랬다고요.

하늘만큼
땅만큼

이 세상에는 여러 기쁨이 있지만, 그 가운데서 가장 빛나는 기쁨은 가정의 웃음이다. 그다음의 기쁨은 어린이들을 보는 부모의 즐거움인데, 이 두 가지의 기쁨은 사람의 가장 성스러운 즐거움이다.

요한 페스탈로치

교회에서 기도를 하다가 이런 생각이 들었어요.
'세월은 흘러가는 게 아니라 세월이 세월을 업는 게 아닐까? 어릴 적 엄마가 자식을 업었다가 이제는 자식에게 엄마가 업히는 그런 것처럼……'

문득 고개를 들어보니 저 앞쪽에 아이의 손을 꼭 잡고 기도 중인 한 엄마가 눈에 들어왔어요.
예배 시작 전 엄마를 얼마만큼 사랑하고 있냐는 질문에 "하늘만큼 땅만큼!"이라고 한 바로 그 아이였어요.

그날 엄마는
무슨 기도를 했을까요?
아마 사랑하는 이들을 위해
기도했겠죠.

세월이 세월을 업고 명동성당 길을 오른 그날처럼…….

진짜
리더는

인생을 살아가는 데는 두 가지 방법밖에 없다. 하나는 아무것도 기적이 아닌 것처럼, 다른 하나는 모든 것이 기적인 것처럼 살아가는 것이다.

알베르트 아인슈타인

체육 시간, 단체로 운동장을 뛸 때면 선생님은 늘 잘 뛰는 사람을 뒤로 보내고 못 뛰는 사람을 맨 앞에 서게 하셨어요.

앞에 있는 사람이 뛰다가 지치면, 그 뒤에 있는 사람이 등을 밀어주며 잘 달릴 수 있도록 받쳐주는 방식이었지요.

그렇게 한바탕 뛰고 나면 항상 잘 뛰던 사람은 대열의 중간에 껴있곤 했어요.
맨 앞도 맨 뒤도 아닌, 바로 중간에 말이에요.

진짜 리더는 바로 이런 것 아닐까요?

머리도 발도 아닌
우리 몸에 없어선 안 될 심장처럼,
보이진 않지만 느낄 수 있는
마음 같은 것…….

지난밤,
나에게 뜬 별

지난밤 꿈에서 당신을 만났습니다.
우리가 함께 그렸던 미래 그 모습 그대로 말입니다.

꿈은 무의식이라는 밤하늘에 떠 있는 작은 별과 같아요.
우리가 함께 그렸었지만, 우리가 함께 이루지 못해 내 무의식 한
구석에 작게 반짝이고 있던 것일까요.

당신은
그렇게 무의식이라는
나의 밤하늘에 떠 있다가
오랜 시간이 지난 어젯밤
제일 반짝이는 빛으로
나를 만나주었습니다.

그 날에는
후회하지 않길

20년 후 당신은 했던 일보다 하지 않은 일로 말미암아 더 실망할 것이다. 그러므로 돛줄을 던져라.
안전한 항구를 떠나 항해하라. 당신의 돛에 무역풍을 가득 담아라. 탐험하라. 꿈꾸라. 발견하라.

마크 트웨인

퇴근하고 나의 포근한 집으로 돌아오는 길이었어요.
거의 뛰다시피 총총 걷다가 걸음이 느려지는 유일한 순간이 있었
습니다.
바로 빨간 신호등 앞에서였죠.
'아, 이럴 줄 알았으면 걸어올걸!'

나의 예상치 못한 마지막 순간에도 그럴까요?

'아, 이럴 줄 알았으면
좀 더 천천히 살아올걸!'

그 날에는 후회하지 않길…….

이기적이고
싶은 날

인간의 감정은 누군가를 만날 때와 헤어질 때 가장 순수하며 가장 빛난다.

장 파울 리히터

"세상에는 분명 더 좋은 사람이 있을 거야. 좋은 경험했다 생각하고 잊어버려!"
친구들은 종종 당신 때문에 힘들어하던 날 보고 이렇게 말하곤 했다.

그래, 이들의 말이 맞다.
세상에는 박보영도 있고 정유미도 있다.

하지만 그런 말들을 뒤로한 채 당신을 잊을 수 없다며 수십 가지 핑계를 대었던 날들.

그날들은 어쩌면
당신에 대한 이기심의
마지막 표현이었는지도 모르겠다.

사랑은
타이밍이라고?

하나님은 모든 것이 제때에 알맞게 일어나도록 만드셨다. 더욱이, 하나님은 사람들에게 과거와 미래를 생각하는 감각을 주셨다.

전도서 3:11 새번역

사랑은 타이밍이라는 말.
그건 바람이 좋은 날, 햇살이 좋은 날, 모든 게 딱 맞아떨어지는 날.
그날에 당신에게 다가가 고백해야한다는 게 아닌, 적절한 때를
기다리라는 말이 아닐까.

'때를 기다린다는 것.'

그때가 언제일지는 아무도 모른다.
하지만 계절이 돌고 도는 것처럼 그럼에도 오롯이 너라는 꽃이
만개하기까지의 순간들을 감내하는 것.
그런 게 진짜 타이밍이 아닐까.

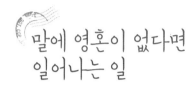

말에 영혼이 없다면
일어나는 일

아무도 꽃을 보지 않는다. 정말이다. 너무 작아서 알아보는 데 시간이 걸리기 때문이다. 우리에겐 시간이 없고 무언가를 보려면 시간이 필요하다, 친구를 사귀는 것처럼.

조지아 오키프

당시 내가 그녀에게 관심을 갖게 된 것은 그녀가 다른 사람에 비해 지나치게 예뻤고, 주변 사람들에게 사랑받고 있다고 보일 만큼 사랑스러웠기 때문이다.

하루는 같은 강의를 듣게 되어 문을 열고 강의실로 들어갔을 때였다.
그녀는 내가 입고 있는 옷을 한참 보더니 고개를 올리며 내게 말했다.

"옷 예쁘다."

그 말을 들은 난 머뭇거리다 그만 너 옷도 예쁘다고, 그렇게 대답해버렸다.
물론 거짓말이었다.
그날, 그녀가 참 예뻤는데 그걸 차마 말하지 못하고 나온 엉뚱한 대답이었다.

언젠가 일본의 어느 작가가 쓴 글을 본 적이 있다.
그는 이성에게 예쁘다는 표현을 직접적으로 쓰기 민망해 대신 달이 예쁘다고 표현하곤 했단다.
그의 이야기를 떠올리니 '좀 더 예쁘게 말할 수 있었는데' 하는 생각이 들었다.

그로부터 며칠 뒤, 우연히 그녀가 그날 내가 한 대답을 다른 사람에게 들려주는 걸 듣게 되었다.

그때 내 말이 자신에게는 영혼 없이 들렸다고⋯⋯.
그 말을 듣는데 뭐랄까.
"내가 그렇게 말한 진짜 이유는 그게 아니야!"라고 말하고 싶었다.

하지만 끼어들 수 없었다.
그녀의 말이 맞았으니까.
그때의 내 대답이 그녀에게는 정말 무성의한 말로 들렸을 수도 있으니까.

그날 난 그녀의 미모에 넋이 나갔던 게 사실이니까.

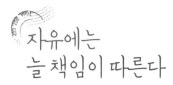

자유에는
늘 책임이 따른다

명성에는 이런 큰 단점도 있는 바, 바로 우리가 그것을 좇을수록 다른 이들의 비위를 맞추는 데 우리

인생을 경주해야 한다는 것이다.

바뤼흐 스피노자

처음 사랑했던 감정이 무뎌진다고 해서 죄책감을 갖지는 마세요.

사람이라 그래요.

당신과 내가 그만큼 인간적이라서……

이따금 그 관계에 무뎌질 수밖에 없는 게 당연한 거니까요.

관계에 무뎌진다는 건 건강한 사랑을 하지 못한다는 게 아니에요.

그냥 그 관계에 익숙해져간다는 의미일 뿐, 권태기는 나쁜 게 아

니에요.

다만 그저 그 관계를 억지로 유지하려는 '책임감'에 이끌리어 노

력하는 것.

그게 사람을 더 힘들게 만드는 거니까요.

전 이렇게 생각해요.

세상에 노력해서 사랑하는 사람이 있다면,
분명히 사랑해서 노력하는 사람도 있다고.
똑같은 말 같지만 현실은 전혀 다른 온기로 와 닿는 그런 형태로
말이에요.

누군가를 사랑할 수 있는 자유에는 늘 책임이 따르게 마련이에요.
그러니 지금 사랑하는 사람이 있다면 한번 생각해보는 게 어떨까요?
내가 이 사람을 정말 사랑해서 노력하는지, 노력해서 사랑하는지.

자연스러움,
가장 완벽한 대사

나는 힘과 자신감을 찾아 항상 바깥으로 눈을 돌렸지만, 자신감은 내면에서 나온다. 자신감은 항상
그곳에 있다.

안나 프로이트

'열 번 찍어 안 넘어가는 나무 없다.'

이 말은 사랑하는 데 얼마나 많은 용기가 필요한지 모르고 하는
이야기예요.
생각해봐요.
아니, 마음을 표현하는 게 어디 그렇게 쉽나!

어느 드라마에서 그랬죠.
"나 너 좋아하냐?"
이런 닭살 돋는 멘트를 할 수 있는 건, 대본이니까 가능한 거겠죠.

또 고백만 한다고 해서 다 끝나는 게 아니에요.
상대방의 마음이 어떤지도 모르고 무턱대고 고백했다가는 관계
자체가 애매해질 수도 있으니까요.

그렇다고 "나중에 어떻게든 되겠지" 하는 말로 되풀이하기에는 그게 얼마나 힘든 일인지 누구보다 더 잘 알잖아요.

당신의 마음 저편에 쌓아둔 말들이 다 무시해도 될 만큼 그렇게 하찮은 문장이 아니라는 것을요.

그런데 그거 알아요?
당신이 가지고 있는 진심을요.
그 단어 한 조각, 문장의 글자 하나는 때때로 다른 어떤 화려한 대사보다도 강력하다는 것을요.

늦기 전에 있는 그대로의 당신을 보여주세요.

자연스러운 나만의 모습을요.

첫사랑 얘기
들려주세요!

사람은 누구나 첫사랑이 있게 마련이에요.
그 사람과의 사랑이 이루어졌건 안 이루어졌건,
실제로 상대와 사귀지 않고 혼자만 좋아한 짝사랑이라 해도 그게
누구였든 간에 참 애틋한 기억이죠.

첫사랑만큼이나 마음 한구석에 넣어뒀던 기억을 떠올리자면 이
따금 설렐 때가 있어요.

가령 소중한 사람과의 만남이라든지, 자신만의 사연 깊은 노래라
든지, 뭐 그런 것들…….

신기한 건 난 그저 상대와의 기억을 마치 영화의 한 장면으로만
알 뿐, 그 사람 자체에 대해서는 잘 모른다는 거예요.

왜 난 그 사람에 대해 잘 알지도 못하면서 이런 장면들이 떠오르
는 걸까요.

어쩌면 타인을 만날 때 설렌다는 것은 그 사람이 당신에게 소중
한 사람이라는 의미가 아닐까요.
때로는 기쁘게도 하고, 슬프게도 하는,
내가 힘들 때 나의 곁을 지켜준
말 못할 고마움으로.

여전히
당신이에요

사랑이란 서로 마주보는 것이 아니라 둘이서 똑같은 방향을 내다보는 것이라고 생은 우리에게 가르
쳐주었다.

생텍쥐페리

제가 다니는 학교 안에는 공원이 하나 있어요.

토요일 저녁이었어요.

벤치에 여자 동기와 앉아 있는데, 남녀 한 쌍이 지나가는 게 아니
겠어요?

흰색 꽃무늬 원피스에, 저녁이라지만 따스한 햇살에 반사돼 빛나
는 귀걸이……

확실히 여성스러운 옷을 입어서 그런지 눈에 띄더라고요.

그때였어요.

"야, 저 두 사람 보여? 여자가 저렇게 예쁘게 꾸미고 산책만 하다
니, 둘이 썸 타는 게 분명해."

'썸'이라니……

전 비약이 심하다며 고개를 저었어요.

하지만 그녀는 꿋꿋이 "여자는 절대 남자랑 걸을 때 저렇게 꾸미고 눈까지 맞추어가며 걷지 않아. 관심 없는 남자라면 더욱!"이라며 화까지 내더라고요.
그 말에 빵 터져서 "그래, 너 말이 맞다면 저 여자도 남자가 싫진 않은가 보네" 하고 대답했어요.

약속이 있었던 터라 우리는 곧 자리에서 일어났어요.
대학로를 향해 걷고 있는데 낯익은 두 사람이 눈에 들어왔어요.
아까 본 그 남녀가 쓰레기 더미 곁에서 하하, 호호 웃으며 이야기를 나누고 있었죠.

저는 "무슨 이야기를 저런데서 나눈담? 정말 썸이라면 분위기 좋은 카페 같은 데를 갔겠지"라 중얼거리며 발걸음을 재촉했어요.

한 시간 뒤, 아까 왔던 길을 다시 지나갈 때였어요.

충격적이었어요.
그 남녀가 똑같은 자리에서 계속 이야기를 나누고 있었거든요.
그 자리는 누가 봐도 대화를 나누기에 너무 불편한 곳이었거든요.

사랑이란 그런 게 아닐까요?
누군가에게는 쓰레기 더미 곁에 서 있는 두 사람으로 보였을 거예요.
하지만 두 사람 눈에 보이는 건 앞에 서 있는 '당신의 모습' 하나만으로 충분하다는 것.

북적이는 대학로, 수많은 인파 속에서 그(그녀)가 들은 건 마주 선 그녀(그)의 목소리보다 더 큰 자신의 두근대는 심장 소리일 수 도 있다는 것.

아마도 두 사람은 오늘을 위해 만나기 전부터 많은 걸 준비했을 거예요.

남자는 처음 올려보는 머리에 젤은 어떻게 바르는지, 항상 빼 입 던 셔츠는 어떻게 넣어 입는 건지 고심했을지도 몰라요.

여자는 평소보다 더 신경 쓰고 정성을 들여 머리를 말렸을 거예요. 또 흰색 꽃무늬 원피스는 '어떤 걸 입어야 그 사람에게 잘 보일까' 한참 고민한 끝에 나온 옷차림일 수도 있겠네요.

사랑, 때로는 남의 의식을 사더라도
수줍고 목소리가 떨려 말을 더듬을지라도
"여전히 당신이에요"라고
말할 수 있는 이름.

그런 게 사랑 아닐까요?

아픔에
익숙해지고 싶던
순간들

그 무엇보다도

너는 네 마음을 지켜라.

그 마음이 바로

생명의 근원이기 때문이다.

잠언 4:23 새번역

떠나요 둘이서,
여행을 떠나는 진짜 이유

여행할 목적지가 있다는 것은 좋은 일이다. 그러나 중요한 것은 여행 자체다.

어슐러 르 귄

그냥 열차를 타고 싶은 날이 있다.
"갑자기? 왜?"
이런 말을 들을 수도 있겠지만 "그냥"이라 대꾸하고 어디로든 떠나고 싶은 그런 날.

평소 맥주 한 캔도 못 까던 여자 후배가 벌겋게 달아오른 얼굴을 한 채 턱을 괴며 나를 올려다보더니 말했다.

"사람에 치여 힘드네요. 알바고 친구고, 그냥 멀리 여행이나 가고 싶어요. 헤……."

매사에 열심이고 잘 웃던 너였다.

이런 생각을 하고 있었다는 것을 인식조차 못 할 정도로 내 눈에 보인 너의 모습은 삶에 너무너무 성실했다.
나는 전공 공부와 알바로 시달리는 너를 보고 '너는 주변 사람들에게 충분히 사랑받고 있구나'라고 느낄 정도였으니까.

그런 네가 죽고 싶다는 말을 했을 때 적잖이 충격을 받았다.

'그래, 사람인지라 너 나름의 고충이 있었겠지.'
깊게 생각하지 않으리라 마음먹고 너를 바래다주고는 집으로 돌아와 바로 잤다.

사실 그냥 흘려들을 수 있는 문제였다.
취했으니, 사람인지라 힘든 게 있겠지 하며 한 귀로 듣고 흘리려했다.
하지만 그럴 수 없었다.

너와 나, 그리고
우리 전체의 이야기였으니까.

죽고 싶다는 건 살고 싶다는 말의 또 다른 표현일 테니까.

네가 힘겨워했던 건 사는 데 너무 최선을 다했기 때문 아닐까.

인간관계의 매듭은 가끔 주머니에서 이어폰을 꺼낼 때 엉키는 것같을 때가 있다.
우주에서 혼자 살지 않는 이상 나는 타인을 필요로 하고 타인은날 필요로 한다는 것.

즉, 인간은 싫지만 결국 이들 속에서 살아가야 하는 진짜 현실을 알기 때문이 아닐까.

무엇이든 목숨을 아끼지 않을 이유가 될 수 있다는 것, 그리고 꿋꿋이 살아갈 하나의 이유가 된다는 것은 세상에 그만큼 나름의 의미를 부여하고 산다는 것이다.

우린 이미 밖에 있지만 여행을 떠나고 싶어 하는 이들은 대개 이런 이유이지 않을까.

꽃은 더운 날 피어요

당신은 움츠리기보다 활짝 피어나기 위한 존재입니다.

마더 테레사

가끔 오늘을 관두고 싶을 때가 있어요.
마치 맨 끝에 다다른 사람처럼 오늘로부터 멀리 달아나고 싶을
때요.
오늘을 맞이하면 배우지 않아도 되는 걸 배우게 되니까.
알고 싶지 않은 걸 알게 되니까.
그게 두려워 햇빛을 피해 그늘 안에만 있고 싶을 때가 있어요.

근데 그거 알아요?
저도 그래요.

보고 싶은 것만 보고 만지고 싶은 것만 만지니 좋았어요.
그것이 내겐 너무도 익숙했으니까.
그러면서 어제와 오늘의 나를 비교하더라고요.

근데 그것도 알아요?
꽃은 더운 날 핀다는 것.

오늘 이때에 힘들고 어려워도
꽃피는 계절이 되면
자연히 당신도 피울 거예요.
그러니 우리 조금만 더 힘내봐요.

그날 먹은 마카롱의 이름을 우린 아직 모른다

이별의 아픔 속에서만 사랑의 깊이를 알게 된다.

조지 앨리엇

"이상형이 뭐야?"

"몰라. 근데 너는 아니야."

너는 벙쪘고, 이내 우리는 한참 동안 크게 웃었다.

네 집 앞에 거의 다다를 즈음, 문득 네가 마카롱을 좋아한다는 사실이 떠올랐다.

마침 네 집 앞 골목에는 빵집이 하나 있었기에 난 말했다.

"야, 시간 되면 빵이나 먹으러 가자. 너 손에 바나나 우유도 있으니까."

너는 환한 웃음으로 대답을 대신했고, 나는 그렇게 발길을 이끌었다.

우리는 빵집으로 들어가 자리에 앉았고, 곧 못 다한 이야기를 나누었다.

이때까지만 해도 넌 내게 마카롱만큼이나 웃음도 달달한 그저 그런 동기였다.
하지만 이내 너에 대한 관념은 변화하기 시작했다.

대화를 나누다 문득 집안 이야기가 나왔을 때였다.

"난 아빠가 없어서 모르겠는데? 그리고 우리 아빠에 대해 물어봤다고 미안해할 필요 없어. 이미 익숙해져서 아무렇지도 않으니까."

사람들이 이 말만 하면 자신에게 왜 미안해하는지 모르겠다는 네 얘기를 듣는 순간 멈칫했다.

너의 환경 때문이 아니었다.
다만, 네가 그것에 익숙해졌다는 것.

익숙해져서 괜찮다는 말.
그 말의 깊이에는 그걸 말하기까지 오롯이 네가 이겨내야 했던 시간들과 남들은 모르는, 감내해온 순간들이 존재했다는 말이지 않을까.

어쩌면 그날 내가 본 건 마카롱만큼이나 웃음도 달달한 그런 동기가 아니라 세상을 꿋꿋이 이겨내며 살아가는 위대한 여성이었는지도 모르겠다.

무용의 것

빛을 보고 산다는 것은 즐거운 일이다. 해를 보고 산다는 것은 기쁜 일이다.

전도서 11:7 새번역

비밀 하나 알려드릴까요?
사실 저는 무용의 것을 좋아해요.
달, 별, 두근거림, 사랑, 설렘, 행복…….
존재를 규정 못 하는 이런 것들이요.

언제부터 제가 이걸 비밀로 하게 됐는지 모르겠어요.
사람들이 유치하다고 생각할까 봐, 행여 "넌 좀 어른스러워져야
해"하는 말을 들을까 봐, 그렇게 남의 시선을 의식하기 시작했을
때부터였을 거예요.

근데 그거 알아요?
그럼에도 대부분의 사람이 무용의 것을 위해 살아간다는 것.
'행복'해지기 위해 돈을 벌고 다른 누군가에게 사랑받기 위해 '사
랑'을 하고 꿈이 있기에 '꿈'을 꾼다는 것.
무용이란 그런 거예요.

바쁜 일상 속 사람들 가운데
부대껴 살아가야 한다는 현실이 답답할 때,
문득 내가 '나' 아닌 것 같다는 생각이 들 때
무용의 것을 생각해봐요.

어릴 적 반짝이는 별을 보고 "와아!" 했던 내가 가장 나다웠던
순간들, 좋아하는 사람에게 마음을 표현하려 애썼던 풋풋한 날
들……

그것들을 쭉 따라가다 보면 잠시 망각했던 순수한 '나'를 다시 볼
수 있을 거예요.

오늘의 온도

너 자신을 알라.
소크라테스

오늘, 당신의 온도는 몇 ℃였나요?

우리가 날마다 만나는 사람은 달라요.
타인을 대하는 방식도 제각기 달라요.

직장 상사, 친한 친구, 선후배, 부모님 등등……

사람을 대할 때는 자신의 온도를 체크하는 게 중요하더라고요.
소크라테스는 말했습니다.

"너 자신을 알라."

오늘 나의 온도를 체크하려면?
내가 오늘 무슨 말을 했는지, 하루 동안 어떤 기분이었는지를 잘
살펴보면 돼요.

가끔 선풍기는 틀면서 이불을 덮을 때가 있어요.
덥긴 한데 뭐라도 안 덮고 자기에는 애매한 그럴 때요.
그거 다 자기 체온 조절하려고 하는 거잖아요.

"오늘 팀장한테 혼나서 기분이 개떡이야. 그러니 달콤한 뭔가를
먹어야겠어!"
"시험 기간이라 한동안 예민해졌는데 노래방에서 평소 못 불렀던
노래를 불러야지!"

이는 배터리가 뜨거우면 터지는 것처럼 자신의 온도를 조절하려
는 유동적인 마인드랄까……
스스로 체온을 잘 조절하지 못한다면
언젠가 '빵' 하고 터질 날이 올 테니까요.

나도
사랑받고 싶어

중요한 것은 사랑을 받는 게 아니라 사랑을 하는 것이었다.

서머싯 몸

가끔 우리는 나를 싫어하는 사람을, 내게 막 대하는 사람을 옆에
두려고 기를 쓸 때가 있어요.
그런 그들을 보며 때때로 사람과의 관계 속에 상처받은 사람들을
두고 종종 이렇게 말하기도 해요.

"나라면 저러지 않을 텐데, 말은 좀 심하게 해도 지금 내게 필요
한 사람들이니 참자."
"이것이 곧 나를 지키는 일이야."
"이게 내가 상처받지 않는 거니까, 괜찮아."

하지만 모순인 게 뭔지 알아요?
그런 그들을 옆에 두려고 그들에게 퍼주기까지 이른다는 거예요.
나를 좋아하지 않는 사람에게 마음을 얻겠다 많은 시간 애쓰기도
하고, 내게 가치를 두지 않는 사람에게 곁을 내주기도 한다는 것.

사실, 이거 다 자만이에요.
이기적인 거거든요.
눈에는 보이지 않지만 우리도 다른 누군가에게 사랑받고 있어요.

그럼에도 좀 더
사랑받고 싶어 한다는 것.
그거 '자만'이에요.

마음의
진짜 위치

인간의 감정은 누군가를 만날 때와 헤어질 때 가장 순수하며 가장 빛난다.

장 파울 리히터

짝사랑이든, 긴 시간 동안의 연애든 사랑을 할 때면 내 의지와는
상관없이 그 사람을 지워야 할 때가 찾아와요.
그럴 때면 종종 상대방에 대한 묘한 감정들이 일어나요.
그 사람과의 끝이 어찌 됐건 그가 잘됐으면 하는 그런 마음⋯⋯.

'축복.'

이상해요.
분명 헤어지는 건데⋯⋯.
정말 아픈데⋯⋯.
이제 잊어야 하는데⋯⋯.

그럼에도 그 사람을 축복하는
당신의 마음 저편에는,
차마 상대방에게 말하지 못한
수많은 단어가 존재한다는 표현 아닐까요?

마음은 심(心)이잖아요.
왜 마음의 뜻이 심장이라는 뜻을 지니고 있는지, 마음이 어디에
있는지는 아무도 몰라요.
이런 거 보면 정말 마음은 심장 가까이에 있을지도 모르겠네요.

차라리 둔감한
바보가 나아요

친구는 있다가도 없고 없다가도 있을 수 있지만, 적은 계속 는다.

토마스 존스

가끔 남의 시선을 의식할 때가 있어요.
과연 나에 대해 타인은 어떻게 생각하는지…….
이 옷을 입고 나가면 남들은 어떻게 볼지…….
나만 아는 내 꿈을 타인에게 알리면 행여 비웃지는 않을지…….

이 말은 겉으로 드러나지는 않아도 그만큼 무의식적으로 상대방
을 신경 쓴다는 이야기예요.

이럴 땐 그냥 둔감해지는 연습을 해보는 게 어떨까요?

'둔감.'

둔감이란 무딘 감정이나 감각을 뜻해요.
어떤 감정이나 감각을 잘 느끼지 못하는 사람을 빗댄 표현이라고
도 한다죠?
많은 이가 '둔감'의 진짜 뜻을 알고는 '행여 상대방과 관계하는 데
에서 소홀해 보이지는 않을까' 하고 걱정하더라고요.

하지만 전혀 그렇지 않아요.

오히려 당신에 대해 제대로 알지도 못하는 타인의 평가에 위축되
기보다, 그럼에도 과감히 "나 이런 사람이야. 난 이런 꿈을 갖고
있고 나름의 노력하고 있거든!"이라 외치는 당신의 모습이 때로
는 남들에게 더 큰 도전을 주는 법이니까요.

타인의 평가에 너무 기대 살지 마세요.
정말 신경 써야 할 것은 타인의 기준이 아닌,
나답게 사는 거예요.

애매한 위로보단
차라리 이게 나아

제가 강조하고 싶은 것은 미소 짓는 것이 어려울 때일수록 서로에게 미소로 대해야 한다는 것입니다.
서로에게 미소를 베풀고 여러분의 가족을 위한 시간을 할애해야 합니다.

마더 테레사

누군가를 좋아해본 사람이라면 알아.
그 사람을 좋아하게 된 순간부터 그 사람의 모든 것이 좋아 보인
다는 사실을…….
전에는 관심 밖이었던 누군가가 이제는 나의 전부가 되어간다는
것을…….
그때부터 그가 현재 내게 주어진 가장 큰 '세계'임을…….

특히 사랑하는 이들로부터 거리를 둠을 당한다는 사실은 사람을
보다 더 고통스럽게 만들곤 하거든.
더욱이 그 이유가 자신이 일부로 한 행동에서 비롯된 것이 아닌
내 존재 때문이라는 사실은, 이루 말할 수 없을 만큼 널 아프게 할
테니까.

그러니 만약 사랑하는 사람에게 이런 일이 일어난다면, 그때에는
부디 아무 말 말고 그저 꼭 안아주렴.

애매한 위로보다는 조용히 그의 손에
너의 손을 포개어주는 게 잠시나마 따뜻함을,
훨씬 큰 위로를 전할 수 있을 테니까.

말로는 표현할 수 없는, 너만이 가지고 있는 그 인간적인 온기를······.

미쳤다는 소리도 한 번은 들어봐야지,
그게 인생 아니겠어?

행동 계획에는 위험과 대가가 따른다. 하지만 이는 나태하게 아무 행동도 취하지 않는 데 따르는 장
기간의 위험과 대가에 비하면 훨씬 작다.

존 F. 케네디

친구여!
미쳤다는 얘기를 듣길 두려워하지 마세요.

이 세상에 미쳤다는 소리를 듣지 않았던
위인은 단언컨대 거의 없으니까요.

준비된 사람이
아니어도 괜찮아

만약 당신이 한 번도 두렵거나 굴욕적이거나 상처 입은 적이 없다면, 그렇다면 당신은 아무런 위험도 감수하지 않은 것이다.

줄리아 소렐

준비된 사람이지 않아도 괜찮아요.
돈, 명예, 외제 차……
이런 것들은 사람의 겉을 화려하게 만들어주지만 당신이 가진 마음속 향기는 보여줄 수 없으니까요.

준비된 사람이지 않아도 괜찮아요.
그런 것들을 가진 사람은 이 세상에 차고 넘치지만 용기를 가진 이는 드무니까요.

그러니 그저 용기만 있으면 돼요.
누군가를 사랑할 용기.
상처 입은 이를 위로할 용기.
비판 받아도 내 생각을 꿋꿋이 말할 용기.

다른 건 다 못 가져도 용기를 가졌다는 건, 진정 모든 걸 갖춘 셈이니까요.

쓴 약일수록
더 잘 듣는다고?

진정으로 웃으려면 고통을 참아야 하며, 나아가 고통을 즐길 줄 알아야 해.

찰리 채플린

매일 반복되는 나날을 살면서 좋은 말, 좋은 소리만 듣고 싶을 때가 있어요.

가령 칭찬이라든지, 평소 누가 이런 말을 내게 좀 해주었으면 하는 그런 말들을요.

긍정적인 말만 들으면 내 인생이 잘 풀릴 것만 같은 그런 기분이 들더라구요.

하지만 그런 노력을 하면 할수록 마치 절벽에 다다른 것처럼 일상은 더욱 바빠졌어요.

내가 듣고 싶어 하는 소리만 들으려고 하니 절망에 가까워지는 느낌이랄까요?

그때가 되니 정말이지 아무것도 안 보이더라고요.

키를 잃어버린 것만 같았어요.

하지만 어둠 속에서도 늘 길은 있더라고요.
희미하게 때론 어렴풋이 보이는 희망이라는 이름으로요.

보이지 않기에 길을 열어낸다는 것.
이 말은 절망 속에서 희망을 찾아낸다는 뜻 아닐까요?

키르케고르는 종종 이렇게 말했다네요.
"절망은 죽음에 이르는 병이다."

정말 좋은 소리가 듣고 싶나요?
그렇다면 듣고 싶은 소리만 듣지 마세요.
주변의 쓴소리에도 귀를 기울여보세요.

때로는 심하게 까여 정말 아플 수도 있어요.
하지만 그때의 그 소리가 가장 지혜로운 길을 열어줄 거예요.

그날,
그대가 피었다

당신은 살아 있다. 행동하라. 인생의 과제와 윤리적 책임은 그리 복잡하지 않았다. 완전한 문장이 아닌 몇 단어로도 표현할 수 있었다. '보아라. 들어라. 선택하라. 행동하라'처럼.

바바라 홀

누군가의 가슴 시린 사연을 들을 때
나도 모르게 눈물이 고이는 것은
어떤 일로 말미암아
내가 울어보았기 때문이에요.

내가 나 자신을 위해 슬퍼하며 마음속 눈물병에 내 사연을 담았
기에 주변 사람의 슬픔을 조금씩 알아가듯 말이에요.

전봇대 위에서 들려오는 새소리.
야옹야옹, 아기 울음 같은 길고양이의 소리.
하루 종일 주인을 기다리며 낑낑대는 옆집 강아지 소리.
심심한 꼬마아이가 혼자 공을 차는 소리.
옆집 아줌마 아저씨의 말다툼 소리.

사소한 듯 무심코 스쳐지나간 소리들이
오늘따라 내 마음속으로 잘 들려오네요.

03

사람에
익숙해지고 싶던
순간들

아무것도 변하지 않을지라도,
내가 변하면 모든 것이 변한다.
오노레 드 발자크

밥 한번 먹자는 말

인생에서 최고의 행복은 우리가 사랑받고 있음을 확신하는 것이다.

빅토르 위고

"잘 지내지? 언제 밥 한번 먹자."

이 말 전 이렇게 생각해요.
대부분의 사람이 혹은 이성이 "밥 한번 먹자"고 말하는 진짜 이유는 누군가를 좋아해서가 아니라 굳이 그 사람에게 밉보일 이유가 없기 때문이에요.

사람이라면 누구나 사랑받고 싶어 하니까요.

"밥 한번 먹자"는 말을 듣고 '내가 인간관계에 이렇게 허술한 사람이었나?' 하며 쓸쓸해하지 마세요.
그냥 인사치레, 딱 그 정도로만 생각하세요.

자꾸 말하지만 사람은 누구에게나 사랑받고 싶어 하잖아요.
나부터도 벌써 친구들, 대학 혹은 직장 선후배에게 예쁨받고 싶은데 남이라고 안 그럴까요?

누군가가 "밥 한번 먹자"고 하면
이렇게 생각해보세요.
'아, 이 사람도 내게
밉보이기 싫은가 보다'라고!

뒤로 쓰는
일기

아무것도 변하지 않을지라도, 내가 변하면 모든 것이 변한다.

오노레 드 발자크

이따금 뭐를 해야만 할 것 같은 기분이 들 때가 있어요.
재미있는 건 막상 뭘 하려고 할 때 해야 할 게 뭔지 정확히 모른다
는 거예요.
그러고는 나중에 후회하며 말하죠.
"아! 그때 뭐라도 좀 해놓을걸."

바로 이럴 때 전 노트를 꺼내 유언장에 쓰고 싶은 말을 적어요.
내가 꼭 해야만 했던 것들이 뭔지 뚜렷이 보이거든요.
죽을 때 생각난다는 건 그만큼 간절하다는 거니까.

무엇을 해야 할지 앞이 캄캄할 때 조용히 펜을 들고 유언장에 쓸
말부터 적어보세요.
그럼 해야만 했던 것들이 명확히 보일 거예요.
혹시 유언장을 쓰는 게 어렵다면 이렇게 생각해보세요.

'난 지금 뒤로 쓰는 일기를 쓰는 중이야.'
뒤에서부터 쓰다 보면 앞에 무엇을 써야 할지
보이지 않을까요?

사람도
고쳐 쓸 수 있을까?

남과 교제할 때, 먼저 잊어서는 안 될 일이 있다. 상대방에게는 상대방 나름대로 생활방식이 있으므로 남의 인생에 혼란스럽지 않도록 함부로 간섭해서는 안 된다.

헨리 제임스

사람은 각자 살아온 세상과 과정이 다르기 때문에 자연히 인간관
계에 충돌이 일어날 수밖에 없어요.
그럴 때는 그냥 이렇게 생각하는 게 어떨까요?

인간관계에서의 문제는 당연한 거라고.
언젠가 겪게 될 일이라고.
처음부터 예정된 일이라고.

남의 생각에 '나'를 맞추라는 게 아니에요.
상대방을 위해 당신의 태도까지 바꿀 필요는 없어요.

남의 생각에 나를 맞추다 본연의 자신을 잃어버리는 것.
그것보다 더 안타까운 게 어디 있겠어요?

남에게 맞춰줄 순 있어도 누군가를 고쳐 쓰려 애쓰지 마세요.

상대방의 일면을 두고
그 사람을 고친다는 건 단순해 보이지만
몇십 년간 갖고 살아온 그의 성격을,
인생을 바꾸려 하는 거니까요.

사람은 절대 고쳐 쓰는 게 아니에요.

이것만
간섭해줄래?

세상 사람들이 다 없어져도 지낼 수 있다고 믿는다면 그것은 대단히 잘못된 생각이다. 하물며 자기가
없으면 세상이 돌아가지 않는다고 믿는 것은 더 큰 잘못이다.

프랑수아 드 라로슈푸코

사람은 어떤 일을 할 때 어려움에 부딪히면 그 일을 하지 못하는
이유를 많이 말하곤 해요.
하지만 그럼에도 그것을 극복하고 끝까지 해나가야 하는 이유는
잘 설명하진 못해요.
대신 그 일이 얼마나 어려운 일이고 실현 불가능한 일인지 대답
하는 데는 일등이죠.

그러다 주위에서 뭐라고 하는 날에는 "우씨, 내 마음이야!" 하며
자신이 처한 상황이 얼마나 어려운지 표현하는 걸 볼 수 있어요.
어쩌면 우리는 간섭받고 싶은 것만
남이 참견하길 원하는 것일지도 모르겠네요.

빅뱅

내일은 인생에서 가장 중요한 것이다. 자정이 되면 내일은 매우 깨끗한 상태로 우리에게 다가온다. 매우 완벽한 모습으로 우리 곁으로 와 우리 손으로 들어온다. 내일은 어제에서 뭔가를 배웠기를 희망한다.

존 웨인

과학 시간에 종종 선생님은 우주에 대해 설명해주시곤 했어요.
그럴 때마다 꼭 덧붙이는 말씀이 있었어요.
"여러분, 그거 알아요? 우주는 지금도 넓어지고 있답니다. 이름하야 빅뱅!"

가끔 우주를 떠올릴 때면 대인관계와 비슷한 면이 많다는 생각이
들어요.
왜냐하면 타인과 관계를 맺는다는 건 처음으로 나와 그 사람의
세계가 만나는 순간이거든요.
그리고 여전히 넓어지는 우주란 정말이지 멋진 곳이니까요.

우리는 우주를 직접 눈으로 본 적이 거의 없어요.
영화나 TV에서나 볼 수 있는 곳이기에 각자가 꿈꾼 우주의 모습
들이 있어요.
그리고 그 우주의 모습들을 꼭 간직한 채 다가올 사람과의 만남
이라는 우주를 넓혀가요.

아마 우리 사는 이 세상도
이렇게 탄생하지 않았을까요?

우위에
서 있는 느낌

얼마나 많이 주느냐보다 얼마나 많은 사랑을 담느냐가 중요하다.

마더 테레사

사귀던 사람과 헤어지고 타인과 만날 때 문득 내가 우위에 서 있
다는 느낌이 들 때가 있어요.
내 앞에 있던 상대가 전에 만났던 사람이었다면 결코 느끼지 못
할 자신감이라고 할까요?
마치 내가 갑이 된 그런 기분 있잖아요.
근데 신기한 게 뭔지 알아요?

그 사람을 만났던 예전의 나라면
하지 못했을 것들을
내가 지금 하고 있다는 것.

리드라는 것도, 이따금 그녀와 말할 때면 '세상에, 내가 이렇게 말
잘하는 사람이었나?' 싶을 만큼 제법 말을 붙일 줄 안다는 거예요.

내가 진심으로 좋아하는 사람이 아니니 편하게 대할 수 있더라
고요.
아직 그이에 대한 감정을 못 잊어서인지, 내 앞에 있는 타인이 이
성으로 안 보이는 건지 모르겠지만…….

어쨌든 내가 당신을 참 많이 어려워했구나 싶더라고요.

그런 날,
사람 냄새가 그리운 날

만약 사람이 살면서 새 친구를 사귀지 않는다면, 곧 홀로 남게 될 것이다. 사람은 우정을 계속 보수해야 한다.

사무엘 존슨

평범한 일상 속, 가끔 그런 날 있지 않아요?
사람 냄새가 그리운 날에 이 사람 저 사람 만났더니 오히려 사람에 대한 고픔이 배로 늘어나는 것만 같은 그런 기분이 드는 날이요.
어라, 근데 뭔가 이상하지 않아요?
몸에서 나는 냄새도 아니고 사람 냄새라니!
이건 또 무슨 소린가 싶어요.

오늘 하루를 마치고 당신의 집에 들어섰다고 생각해봐요.
비밀번호를 누르고 도어록이 열리면서 현관에 들어설 때면 나는 우리 집만의 냄새가 왠지 모를 정감을 준달까?
'아, 이제 우리 집에 왔구나' 하는 그런 포근함이요.
사람 냄새는 바로 이런 집 냄새와 비슷해요.
똑같은 집일지라도 다른 사람들의 집을 놀러 갔을 때는 느낄 수 없는 나름의 온기를 더해주니까요.

며칠 전 지하철을 타고 가던 중이었어요.

갑자기 화면에 뉴스 속보가 들어오더라고요.
한 아나운서가 다급한 목소리로 북한에 억류되어 있던 포로를 인
터뷰한 것이었어요.
옆에 있던 남자가 그걸 보더니 "저 사람도 사람 냄새가 무척 그리
웠나 보네"라고 하는 거 있죠?

그때 갑자기 궁금해져 인터넷 검색을 해봤어요.
이렇게 뜨더라고요.

'사람 냄새.'
인간다운 따뜻한 마음을 지닌 사람에게서
느껴지는 태도와 분위기.

어떻게 보면 남자의 말처럼 사람 냄새가 그리운 건 당연하단 생
각이 들었어요.
그만큼 당신과 내가 인간적이라는 얘기니까요.

인간에 대한 그리움, 매일같이 반복되는 온기 없는 대화, 사람에
대한 고픔…….

사람 냄새가 그리울 땐 더 많은 사람을 만나기보단, 내가 만났을
때 편하게 대할 수 있는 그런 이를 만나보는 게 어떨까요?
그렇다면 그때 당신이 맡게 될 사람 냄새가 조금은 더 향기롭게
느껴지지 않을까요?

정말 당신을
사랑하는 사람은

모든 언행을 칭찬하는 자보다 결점을 친절하게 말해주는 친구를 가까이하라.

소크라테스

"너는 이게 참 안 좋은 것 같아."
어느 날 친구가 당신한테 이렇게 말한다면, 당신은 기분이 어떨까요?
아마 둘 중 하나일 거예요, 내색은 안 하지만 내심 기분이 상하거나 있는 그대로를 받아들이거나.

이런 얘기를 듣기 전까진 "친구니까 아무렴 날 위해주는 거겠지!"
하며 상관없다고 생각하지만 막상 당사자가 되면 당황스럽죠.
그날 하루가 괜히 찝찝하고요.

그럴 땐 '나랑 지금 해보자는 건가'라고 받아들이기보단 그 말을 하는 사람의 중심을 먼저 살펴보세요.

그런 말을 하는 이들은 보통 무심할지언정 당신에게 사랑받기 원하는 사람이라기보단 진정으로 당신을 사랑하는 사람일 테니까.
당신에게 미움을 살 수 있음에도 솔직한 마음을 표현한 거니까요.
어쩌면 그 사람은 당신에게 그 말을 할까 말까 많은 고민을 했을 수도 있어요.

그렇다고 해서 이따금 막말을 일삼는 친구를 곁에 두란 이야기는 아니에요.
그럴 땐 오히려 한 발짝 뒤로 물러나 옳고 그름을 따지기보단, 내게 막말을 던지는 상대의 무수한 단어 중에 진짜 주어가 뭔지 알아내는 게 필요해요.
그게 무작정 타인을 곁에 두는 것보다 훨씬 나은 결말을 만드니까요.

오프라 윈프리는 '관계'를 두고 이렇게 말했습니다.
"여러분과 리무진을 타고 싶어 하는 사람은 많겠지만, 정작 여러분이 원하는 사람은 리무진이 고장 났을 때 같이 버스를 타줄 사람입니다."

우리가 사는 이 세상에는
세 종류의 사람이 있어요.
내게 사랑받고 싶어 하는 사람.
날 사랑하는 사람.
나와 아무런 관계도 없는 사람.

만약 그녀의 말이 정말 맞다면 같이 버스를 타줄 사람은 바로 날 위해주는 사람일 거예요.
그런 사람이야말로 같이 버스가 언제 오나 함께 기다려주기도 하고, 서로를 위해서라도 기다리다 지루하지 않게 조근조근 애기를 꺼낼 사람이니까요.

오늘도 내일도, 당신의 곁을 지킬 그런 이름으로.

첫인상은
첫인상일 뿐인걸

반성하지 않는 삶은 살 가치가 없다.

소크라테스

보통 옷을 살 때, 우린 그 옷을 몸에 대보고 사요.
그러다 마음에 드는 옷을 발견할라치면 "이 옷, 괜찮은데요?" 하
며 한번 입어보기도 하죠.

하지만 막상 입어보면 옷을 대봤을 때와 달리, 처음의 느낌이 없
어지고 실망할 때가 있어요.

재미있는 건, 전혀 생각지도 않았는데 의외로 옷발이 잘 맞을 때요.

사람들과의 관계도 마찬가지 아닐까요?

나와 전혀 만나보지 않은 사람도 막상 대해보면 서로가 의외로
잘 통하는 걸 느낄 수 있어요.

옷 여러 벌을 입어보며 내게 가장 잘 어울리는 색깔을 찾을 수 있
는 것처럼 말이죠.

그거 알아요?

옷 고를 때, 하나의 단색만을 고집한다는 건
마치 나와 잘 안 맞아 보이는 사람을
무턱대고 멀리하는 것과 다름없는
행동일 수 있다는 것을요.

사람에 고팠다,
너도 나도 우리도

다른 사람이 가져오는 변화나 더 좋은 시기를 기다리기만 한다면 결국 변화는 오지 않을 것이다. 우리 자신이 바로 우리가 기다리던 사람들이다. 우리 자신이 바로 우리가 찾는 변화다.
버락 오바마

요즘 SNS에는 수저가 대세예요.
금수저라느니, 흙수저라느니, 잘산다느니, 못산다느니……
먹고사는 형편을 두고는 이제 수저로도 등급을 나누네요.

흙수저는 평생 흙수저로 살지 않기 위해 아등바등 자신을 금 색깔로 칠해야 한다는 뭐 그런 얘기더라고요.

근데 그거 알아요?
수저의 원래 목적은 밥을 먹기 위함이란 것.
무언가 먹는다는 것은 허기를 채운다는 이야기예요.

사람들은 종종 타인을 빗대어 "저 사람은 금수저야"라고 말합니다.
하지만 정작 아무리 비싸고 좋은 수저라 한들 어머니가 해주신
갓 지은 쌀밥의 온기를 대신할 수는 없어요.

사실, 수저의 배경을 나누는 우리는 어쩌면 타인의 온기에 고픈
게 아닐까요?

타인이 내어주는 곁이란
아무리 좋은 수저로 먹는다 한들
달래지지 않게 마련이니까요.

네모와
동그라미

경우에 알맞은 말은, 은쟁반에 담긴 금사과이다.

잠언 25:11 새번역

오래전 한 친구와 시내를 걷고 있을 때였어요.

시내 앞거리를 지나는데 덥수룩한 머리에 허름한 옷차림을 한 노인이 보였어요.

고개를 푹 숙인 채 손에 꼭 들어오는 조그만 박스 하나를 쥐고 있던 그는 한눈에 봐도 구걸 중임을 알 수 있었어요.

그 노인의 앞에 이르러 주머니에서 지갑을 꺼내들 찰나였어요.

"야, 스톱! 너 그거 알아? 구걸하는 사람들한테 돈 같은 거 넣어주면 나쁜 사람들한테 갖다 바친대. 인터넷에서 봤어. 진짜야."

그러더니 다리가 없는 사람은 자세히 들여다보면 겉옷 안에 숨겨져 있다는 것부터 시작해 팔이 불편한 사람의 이야기까지 열변을 토하더라고요.

그 말을 듣는데 마음 한구석에서 일종의 정의감 같은 것이 솟구쳤어요.

그래서 그만 "그럼 세상의 모든 거지는 다 거짓말쟁이겠다!"라고 대답한 거 있죠?

그런데 막상 집에 돌아와보니 그렇게 말하지 말걸 하는 후회가
들었어요.
노인에게 돈을 준다고 해서 딱히 정의로운 것도 아니고, 돈을 안
준다고 해서 정의롭지 않은 것 또한 아니니까요.

사회생활을 할 때면 다양한 사람을 접하게 되죠.
털털한 사람, 객관적인 사람, 실적만 따지는 사람……
그중에는 "기면 기고 아니면 아니야!"라는 식의 사람도 있어요.
"그럴 수도 있고, 저럴 수도 있는 거지"의 부류의 사람도 있고요.

그중 사람들에게 긍정적인 평가를 받는 이들은 대개 후자의 경우
가 많아요.
그들을 향해 종종 "성격 참 둥글둥글하다"라고 표현하기도 하죠.
이왕 사회생활을 하는 거, 유연한 사고를 갖고 시야를 넓혀보려
고 노력하는 건 어떨까요?

무엇이 됐건,
언제가 됐건 네모보다는
동그라미가 더 빨리
골인하는 법이니까요.

세상에서
가장 빠른 길

건강한 자존감은 외적 명성, 세평, 부당한 아부보다는 타인으로부터 당연히 받을 가치가 있어서 받는 존경에 기초하고 있다.

에이브러햄 매슬로우

어느 다큐멘터리에 나온 어부들은 배를 타고 갈 수 있는 가장 빠른 길에 대한 질문에 이렇게 말하였어요.

"어느 때나 지금 불어오는 바람이
목적지를 향한 최단거리입니다."

자연히 불어오는 바람에 몸을 맡기는 게 제일 빠른 길이라는, 단순하지만 역설적인 표현이었어요.
한마디로 '자연스러움'이 제일 통하는 길이라는 말이더라고요.

타인과 관계를 맺는 것도 마찬가지 아닐까요?

사람은 누구나 주인공이 되고 싶어 해요.
직장에서, 학교에서, 어디에서나.
이상한 일이 아니에요. 오히려 지극히 자연스러운 것이에요.

매슬로우의 말처럼 우리 안에는 인정받고 싶은 욕구가 있으니까요.
다만 대인관계에서 남의 시선을 신경 쓰며 살아야 된다는 건 그
저 연기자일 뿐이지, 주인공이 아니에요.

상대방을 만날 때
내가 좀 더 자연스럽게
만날 수 있는 사람을 만나세요.
때로는 자연히 대하는 관계에 몸을 맡기는 게,
연기자가 아닌 진짜 주인공이 되는
가장 빠른 길일 테니까요.

오늘 난 당신을
내려놓는다

멀리 있는 사람을 사랑하기는 쉽다. 가까이 있는 사람을 사랑하기란 항상 쉬운 것만은 아니다. 기아로부터 사람들을 구제하기 위해서 한 움큼의 쌀을 주는 것이 자신의 집에 있는 이의 외로움과 고통을 덜어주는 것보다 더 쉽다. 당신의 집에 사랑을 가져다주어라. 가정이야말로 우리의 사랑이 시작되는 곳이어야 하기 때문이다.

마더 테레사

이제 더 이상 당신에게 다가가지 않으려고요.
당신에게 관심받고 싶어 했던 나, 있는 그대로의 '나'를 사랑하고
아껴주려고요.
그냥 뭐라도 되고 싶던 나였지만, 어쩌다 당신에게 이런 내 마음
을 표현할 수도 있겠지만 차이면 뭐 어때요?
그게 나인데…….

하루하루 당신을 사랑하느라 많은 날을 뛰어왔던 나.
이제는 당신을 보느라 미처 보지 못했던 주위에 풍경들을 천천히
돌아보려고요.

당신이 싫어졌다는 게 아니에요.
처음 내게 인사를 건네며 이 말 저 말 걸어주던 당신의 편안함을, 당신과 눈을 마주칠까 봐 쑥쓰러워했던 그날의 내 풋풋함을, 당신과 손이 부딪혔을 때의 그 설렘을, 손을 뻗으면 언제든 닿을 수 있는 마음속 저 어딘가에 간직한다는 거예요.

그러니 빛을 잃어가던 내 마음,
깜빡이도 없이
눈부신 별이 되어 찾아왔던
당신을 생각할 때,
그때 내 마음을 다시 한 번
환히 비춰주세요.
처음 내게 왔던 그때 모습 그대로…….

너의
이름은

자아는 이미 만들어진 완성품이 아니라 끊임없이 행위와 선택을 통해 형성되는 것이다.

존 듀이

사람은 나름의 결을 갖고 있단 것, 혹시 알아요?

우연히 TV에서 〈하트시그널〉이라는 프로그램을 본 적이 있어요.
당시 화면상으로 두 남녀가 공동체하우스(Share House)의 부엌
에서 같이 라면을 끓이는 모습이 방영되었죠.
그때 남자가 라면 스프를 들더니 '탁, 탁, 탁!' 경쾌한 소리를 내며
터는 장면이 나왔어요.
그걸 본 작곡가 김이나 씨는 "와, 저 남자 태 되게 멋있지 않나
요?"라고 말하더라고요.

'태? 태가 대체 뭘까? 그저 라면 스프를 털었을 뿐인데……'
그 후 한동안 태라는 단어가 머릿속에서 안 잊히더라고요.

이 세상에는 외모가 못났어도 성격이 좋아서 만나는 사람이 있
어요.
또 내가 힘든 일을 겪을 때 옆에서 위로하고 공감해주던 친구의

모습에 반하여 만나는 사람도 있어요.

사람은 누구나 각자의 고유함이 있어요.

지금 이 순간, 누군가를 떠올려봐요.
그의 이름은 많은 것을 담고 있어요.
외모, 성격, 말투, 행동, 그 사람 고유의 태까지…….

저는 당신이 그랬으면 좋겠어요.
좋은 것들을 떠올리는 사람을 만나세요.
생각하면 심장이 두근대는 그런 사람이요.

당신의 주변 사람들이 당신을 떠올릴 때, 이 사람과 함께라면 무
슨 일이 일어날 것 같은 이름이 됐으면 좋겠어요.
설레고 두근거리는 그런 존재가 되었으면 좋겠어요.

04

표현에
익숙해지고 싶던
순간들

적절한 대답은 사람을 기쁘게 하니,

알맞은 말이 제때에 나오면 참 즐겁다.

잠언 15:23 새번역

세상이
멈춘 날

다른 사람이 가져오는 변화나 더 좋은 시기를 기다리기만 한다면 결국 변화는 오지 않을 것이다. 우리 자신이 바로 우리가 기다리던 사람들이다. 우리 자신이 바로 우리가 찾는 변화다.

버락 오바마

지하철 혹은 버스에서 상대방과 눈이 마주칠 때가 종종 있어요.
처음 보는 사람인데도 서로를 응시하는 그 짧지만 긴 순간……
전 그때 마치 세상이 멈춘 느낌에 휩싸였어요.

신기한 건 뭔지 알아요?
가끔 그런 일이 일어날 때마다 그날의 기억이 마치 저장된 사진
마냥 오래도록 기억된다는 거예요.
그렇다고 TV 드라마에 나오는 인상 깊은 장면도 아닌데 기분이
참 묘하더라고요.

사람은 누구나 마음속에 '잔상'이라는 것을 간직해요.
그것은 대개 마음속 깊이 어딘가 조용히 머물러 있다가 어느 순간 불현듯 확 올라와요.

무엇이 됐건
그게 좋은 기억이든 나쁜 기억이든
잔상으로 남았다는 것.
그건 당신에게 잔상으로 남을 만큼
나름의 이유가 있다는 거예요.

그러니 만약 누군가에게 못 다한 이야기가 있다면 오늘 얘기해보는 건 어떨까요?
"갑자기?"라고 할 수도 있지만 마음 가는 대로 해보세요.
그런 날도 없는 세상이라면, 그게 바로 진짜 멈춰버린 세상 아닐까요?

곁을
내준다는 건

20년 후 당신은 했던 일보다 하지 않았던 일로 인해 더 실망할 것이다. 그러므로 돛줄을 던져라. 안전한 항구를 떠나 항해하라. 당신의 돛에 무역풍을 가득 담아라. 탐험하라. 꿈꾸라. 발견하라.

마크 트웨인

세상에는 지금 당신을 욕하고 싫어하는 사람들이 존재할 수도 있어요.
어쩌면 내일 당신은 그런 사람들과 마주할지도 몰라요.
그래서 당신은 사람에 고파하는 것일지도 몰라요.

그러니 타인에게 '내가 정말 이 정도밖에 안 되는 걸까?' 하는 생각이 들 때는 그냥 주위를 돌아봐요.

이 세상에는 분명 당신을 사랑하는 사람들, 고마운 사람들 그리고 무심한 듯 당신을 챙겨주고 돕고 싶어 하는 이들이 있을 테니까요.

살다 보면 믿음을 주는 친구들도 있어요.
그때에 당신의 이야기를 귀담아들어주는
'위로'도 만나게 될 테고요.

힘들 때 위로가 되어준 사람.
기쁠 때 함께 웃어준 이.
슬플 때 같이 마음을 나눠준 친구.

사실은 그 친구에게 제가 그랬거든요.

누군가를 마냥 기다리기에도 바쁜 오늘이에요.
그러니 누군가에게 내가 진심을 다해 먼저 마음을 활짝 열어보는
건 어떨까요?

마치 침침한 커튼을 확 열어젖히듯!

그럼에도 여전히 마음을 내어주고 싶지 않은 사람들이 있다면,
그들을 위해 오늘을 살아갈 필요는 없어요.

언제나, 당신은 지금 그대로도 멋지니까요.

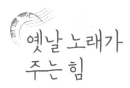

옛날 노래가 주는 힘

네 운명의 별은 너의 가슴속에 있다.

프리드리히 실러

길을 걷다가 혹은 카페에서 음악을 들을 때면 이상하리만큼 익숙하다는 느낌이 들 때가 있어요.

'처음 듣는 노래 같은데⋯⋯.'
궁금해서 직접 찾아볼라치면 대부분 옛날 노래였지요.

카페를 비롯한 거리의 많은 전문점에서는 늘 최신 음악들이 끊이지 않아요.
음원 차트는 매일 갱신되고 점포는 언제 그랬냐는 듯 유행에 뒤처지지 않기 위함인지 가끔 헷갈릴 때도 있어요.

'김광석.'
'이선희.'

유행도 훨씬 지난 노래가 이따금 귓전을 스칠 때면 나도 모르게

선율을 따라 몸을 이리저리 흔들곤 합니다.
마치 떡을 데운 지 한참이 지났는데도 그 냄새가 주방을 가득 채
워 그곳 근처에 있는 사람마다 왠지 모를 떡의 온기를 따라간달
까요?

그럼에도 옛날 음악이 익숙하게 들린다는 것.

그건 매일 새로 나오는
음악들의 차가움으로는 채우지 못하는,
옛날 노래만의 온기가 있기 때문이 아닐까요?

음악이 주는 힘은 모르지만 '온기'에 대해선 옛날 음악을 따라올
순 없을 테니까요.

알고 보면
나름의 처방전

적절한 대답은 사람을 기쁘게 하니, 알맞은 말이 제때에 나오면 참 즐겁다.

잠언 15:23 새번역

내 의견을 말해야 될 때나 주변에서 조언을 구할 때면 자신의 의견을 솔직히 말하세요.
포장하고 듣기 좋게 말하는 건 누구나 할 수 있는 일입니다.
그러나 있는 그대로 이야기하는 건 그 사람에게 진실로 도움이 될뿐더러 그걸 말하는 스스로에게 부끄럼이 없으니까요.

배가 아픈 사람에게 약을 처방해야 되는 것처럼 말을 먹기 좋게 썰어 일부를 갖고 먹음직스럽게 표현한다는 건 듣는 이에게 해로운 일이에요.
마치 비포장도로를 건널 사람에게 "그곳은 아주 푹신하고 편안한 길이니 걱정 마"라고 말하는 꼴이니까요.

그러니 그때는 그냥 솔직히 말하세요.
"네가 택한 그곳은 위험하니 운동화 끈 단단히 조이고 마음 단단히 먹어"라고 말이죠.

그런 날, 익숙하지 않지만
익숙해지고 싶은 날

만약 당신이 한 번도 두렵거나 굴욕적이거나 상처 입은 적이 없다면, 그렇다면 당신은 아무런 위험도 감수하지 않은 것이다.

줄리아 소렐

익숙하지 않지만 익숙해지고 싶다는 느낌이 들 때가 있다.

좋아하는 누군가에게 먼저 다가가 인사를 건네고, 누군가의 품에
안기고 싶은 날.
그럴 때 혼자 앓지 않고 그냥 날 좀 안아달라고 말하면 좋을 텐
데…….

힘들 때
내 곁을 지키던 소중한 이들에게
고맙다는 말 무심히 툭 던질 수 있었다면,
아니 이미 전부터 해왔더라면
더 좋았을 텐데…….

사람에
고프다는 말

바람을 쐬고 싶은 날, 바람 쐬러 나갔다가 도리어 바람만 맞고 온 것만 같은 기분을 들게 한 이들⋯⋯.

휴가를 나와 지인들과 밥을 먹을 때면 그들이 입을 모아 하는 말이 있었다.
"또 나왔네. 그만 좀 나와."
"군생활 힘들지? 힘내."

대개 이런 투였는데 내심 그들의 미적지근한 말에 조금 아팠다.
그들에게는 작은 응원이었을지라도 말에 온기가 없달까.
그들의 말은 이따금 지나치게 무심하다고 느낄 만큼 차가웠다.

하지만 그날만큼은 달랐다.

하루는 별로 친하지 않은 같은 과 동기한테서 연락이 왔다.

내일 뭐 하냐고, 학교 오면 밥이나 먹자는 말을 듣고는 다음 날 대학로의 새로 생긴 별빛식당이라는 곳에서 만났다.

오랜만에 본지라 서로의 근황을 주거니 받거니 했고, 자연스레 분위기가 달아올랐다.

중간중간 찾아온 어색함이 또 다른 분위기를 만들곤 했는데, 그럴 때마다 그녀가 꼭 덧붙이는 말이 있었다.

"너 말이야, 군생활을 하면서 요즘 무슨 고민 없어?"

이 말을 듣는 순간, 처음 드는 생각이 '아, 얘도 할 이야기가 별로 없나 보다' 였다.

남들과 다를 바 없는 착은 위로쯤?

하지만 그녀의 작은 위로는 이후 대화를 나누는 와중에도 다소 조심스럽지만 듣는 내가 부담스럽지 않을 만큼 계속되었다.

내 눈을 똑바로 쳐다보며 진심으로 걱정해주는 그녀의 모습…….
'얘 참 인간적이구나!'라고 느낄 만큼 틈틈이 물어봐주는 그녀의
마음에 기분이 이상했다.

어쩌면 난 이 말이 고팠을 수도 있다는 생각이 들 정도였으니까.

"무슨 고민 없어?"
그녀가 조심스레 꺼낸
인간적인 말마디들…….

그날 바람은 유독 따뜻하게 느껴졌다.

그래도
괜찮아

자존이야말로 모든 미덕의 초석이다.

존 허셀

요즘 들어 주변 사람들의 이야기를 듣다 보면 싸우는 것보다 서로를 칭찬하는 게 더 어려운 일이라는 생각이 들어요.
가족이든, 친구이든, 이성이든 간에 말이죠.

사람들은 어느새 싸우는 게 애정 표현이 되어버린 걸 수도 있겠구나 싶죠.

시내의 한 서점을 갔을 때 있었던 일이에요.
하루는 마음에 드는 책이 있어 집어 들고는 한 장 두 장 페이지를 넘기고 있을 때였죠.
옆에는 한 커플이 있었는데 너무 시끄러워 살짝 고개를 들어보니 말다툼을 하고 있더라고요.
그런가 보다 하고 다시 책을 펴 이리저리 살피는데 점점 언성이 높아지는 게 아니겠어요?

갑자기 여자가 소리쳤어요.

"내가 널 너무 많이 사랑해서 그런다, 왜?"

그 말을 들은 남자 얼굴에는 당황한 기색이 역력했어요.
이내 남자는 미안하다고 사과를 했죠.
금세 둘은 언제 그랬냐는 듯 조잘대며 유유히 서점을 빠져나갔어요.

단순히 말다툼에 그친 일이였지만 그녀의 말이 유독 기억에 남았
어요.
싸우고 있는 마당에 "당신을 너무 사랑한다"고 말하는 사람을 전
이제껏 본 적이 없었거든요.
비단 그 두 사람의 문제만은 아니겠다는 생각이 들 만큼이요.

'사랑한다.'

당신은 사랑하는 사람이 있나요?
있다면 그 사랑을 어떻게 표현하고 있나요?
어쩌면 우린 사랑을 잘못 표현하고 있진 않을까요?

다른 사람에게는 큰 소리도 못 치면서 부모님에게는 그들을 너무 사랑한다는 이유만으로 언성을 높인다고 생각해봐요.
사랑하는 사람과 자주 싸움으로 애정 표현하는 것도 마찬가지인 것 같아요.

내가 당신을 너무 사랑해서 그렇다는 그녀의 말처럼요.
정말 마음을 표현해야 할 때가 온다면 그냥 솔직하게 마음을 표현하세요.

익숙하지 않아도 괜찮아요.
표현이 서툴러도 괜찮아요.

때로는 고전적이고 뻔한 말이
다툼을 피할 가장 좋은 방법이
될 수 있으니까요.
그게 바로 진심(眞心)인걸요.

누구나 서툴지 않은
사람은 없다

인생에는 서두르는 것 말고도 더 많은 것이 있다.

마하트마 간디

누구나 소중한 사람을 떠나보내야 하는 순간들이 있어요.
이별 앞에서는 남자도 여자도 그게 누구든 모두가 힘들답니다.
이별을 앞두고 당당하기 그지없어 보이는 이도 때로는 마음이 여
린 사람일 때가 있고요.
환하게 웃으며 이별을 맞는 사람도 속으로는 울고 있을지 아무도
몰라요.

때때로 이별은 있는 그대로의 '나'를 보게 해줘요.
이별의 아픔 가운데 상대방에게 자신이 얼마나 애틋한 마음을 갖
고 있었는지, 동시에 얼마나 무심한 사람이었는지를 드러내게 하
니까요.

나 역시 그런 순간들이 있었어요.
"이별? 이제는 익숙해졌으니 괜찮아!"라고 되뇌어도, 머지않아
누군가를 떠나보낼 때면 뭔가 이상했어요.
글쎄, 그날 바람이 그렇게 세게 부는 날도 아닌데 괜히 어딘가 시
리더라고요.

마더 테레사는 이별을 두고 이렇게 말했어요.
"당신을 만나는 모든 사람이
당신과 헤어질 때는 더 나아지고
더 행복해질 수 있도록 하라."

이별 앞에서 억지로 당당해질 필요 없어요.
굳이 남들에게 웃어 보이며 애써 환한 표정 짓지 말아요.
이별은 많이 힘들잖아요.
이별은 정말 아프잖아요.

다만 그럴 땐 담담해지는 연습을 해보는 게 어떨까요?
때로는 애써 지어 보이는 쓴웃음보다 서툴더라도 마지막까지 담담함을 보이는 게 더 좋아요.
그런 당신의 모습이 떠나보내는 이에게는 더 좋은 인상을 줄 수 있을 테니까요.

이별 앞에서는 누구나 서툴게 마련이니까요.

인연을
믿나요?

결국 모든 것은 우스개다.

찰리 채플린

오늘 좋아하는 이성에게 다가가 처음으로 말을 건넨 당신의 모습
을 보았어요.
비록 그게 간단한 인사가 됐든 무엇이 됐든, 전 당신이 참 대단한
사람이라고 생각해요.
생각해보세요.
인연은 어느 순간 마주친다고 하던데 정말 마주칠 때가 있었나요?
그런데 당신은 그걸 단숨에 만들어버린 거예요.

좋아하는 사람과 첫 대화를 주고받았다는 것.

무슨 질문을 할지…….
어떤 말을 꺼낼지…….
이 말로 대화의 줄기를 이어갈 수 있을지…….

그것을 이루기까지 아무도 모르는, 당신만의 속앓이부터 시작해
미묘한 여러 감정이 버무려낸 문장들이 있었을 텐데요.
당신은 그걸 결국 용기 있게 표현해낸 거잖아요.
그 과정이 많이 힘들었을 텐데…….

그런데 제가 정말 기쁜 게 뭔지 알아요?
바로 다른 누구도 아닌 당신이 해냈다는 것.
당신 스스로 대화의 매듭을 풀어나갔다는 것만으로도 그 사람과
의 보폭을 한 걸음, 두 걸음 줄여가기 시작했다는 것이니까요.

인연은 만들어지는 것이 아니라
스스로 만들어가는 거예요.
지금 당신은 그 길을 지나고 있을 뿐이랍니다.

말에도 나름의
기다림이 있다

시간에 대한 느긋한 태도는 본질적으로 풍요의 한 형태이다.

보니 프리드먼

'별똥별.'

별이 수명을 다해 죽어가기 직전의 상태를 포착할 때면 우린 별
똥별을 볼 수 있어요.
그럴 때 있지 않나요?
우연히 고개를 들어 밤하늘을 봤는데 별똥별이 떨어지고 있는 날.

빛나는 별들 중에서도 별똥별이 가장 밝게 빛나요.
마치 숨바꼭질을 할 때 술래가 꼭꼭 숨은 사람을 보고는 "찾았
다!"라고 외치는 것처럼, 보는 사람으로 하여금 "우와, 별똥별이
다!" 탄성을 자아낼 만큼 말이에요.

누군가에게 마음을 표현할 때도 마찬가지예요.
술래가 그 숨은 사람을 찾기까지 두리번거리며 해매는 것처럼.
별이 별똥별이 되기까지의 오랜 시간이 걸리는 것처럼.

말에도 나름의 '기다림'이 있답니다.

꼭 시간이 상대적인 것처럼 말 그 자체에도 적당한 때가 있어요.
때론 함부로 꺼낸 나의 말이 타인에게 데일 만큼 뜨거울 수도 있어요.
위로한다고 무심하게 던진 말이 상대에게는 차디찬 얼음 조각처럼 느껴질 수도 있고요.

캄캄한 밤 우연히 고개를 들어보니 별똥별이 떨어지고 있다 생각해봐요.
이 애매한 우주 속 수명을 다한 자신을 캄캄한 밤하늘에 내던질 때, 비로소 별똥별은 가장 눈부시게 빛난답니다.

뱉고 싶은 말, 한 번쯤 기다려주세요.
별이 별똥별이 되기까지의
오랜 기다림이 있듯 문장 하나, 단어 하나,
활자 하나가 당신의 입가에서 벗어날 때,
그때 가장 환하게 빛날 수 있도록…….

난 당신에게 천천히 걸어갔다가
천천히 걸어오고 싶다

이렇게 확실한 감정은 일생에 단 한 번만 오는 거요.

〈매디슨 카운티의 다리〉

당신은 고등학교 때부터 스튜어디스를 준비해서 그런 건지 몰라
도 정말이지, 엄청나게 예뻤어요.
당신은 그날 내가 본 사람 중 가장 고운 여자였으니까.
다만 한 가지 아쉬운 점이 있다면, 내가 이 한 장의 편지를 앞에
두고 당신의 아름다움을 제대로 설명할 길이 없다는 것.
그것이 내 표현력의 한계라는 게 그저 미안할 따름이에요.

당신은 주변 사람은 물론 날 볼 때마다 인사 하나는 끝내주게 잘
하는 사람이었어요.
반면, 난 그렇지 못했어요.
아마 사람들은 모를 거예요.
누군가 자신에게 인사를 건네면, 남에게 손 한번 흔들어주는 게
뭐가 그리 어려운지.
하지만 그게 내겐 자퇴의 영향 때문인 건지, 그 흔한 인사조차도
내겐 너무도 어려운 과제로 느껴졌지요.

난 고등학교를 자퇴했어요.

이후 1년 동안 검정고시를 준비한 끝에 결국 고2의 나이로 당신과 같은 대학에 들어오게 되었지요.

기뻤어요, 당신을 만날 수 있었으니까.

하지만 얻은 만큼 잃은 것도 있어요.

고등학교를 나온 1년간 폭넓은 관계를 맺지 못했기에, 나중에는 다른 사람과 인사를 하는 것도 낯설어지더라고요.

같은 학과 신입생이던 우린 매번 같은 강의를 듣게 되었는데 이성적인 걸 떠나 신기했어요.

당신이 내게 인사를 하다니!

당신이 살아온 세상 속에서는 그게 익숙하고 매일 반복되는 일상이었겠지만 난 달랐으니까요.

어느 날, 당신은 날 보며 이해가 안 된다는 듯 말했지요.

"난 너한테 인사하는데 왜 넌 나한테 인사 안 해? 난 네가 자기소개 시간에 먼저 와 인사하면 금방 친해질 거라고, 지난번에 말하길래 그런 줄 알았는데."

그 말을 듣는데 뭐랄까, 차마 입이 안 떨어져 한참 멍하니 서 있었던 것 같아요.

인사를 하는 게 낯설다는 나의 말이, 당신을 어떻게 대해야 할지 모르겠다는 나의 표현이, 이런 말을 하는 나 자신이 과연 당신에게 어떻게 비춰질지 두려웠으니까.

그렇게 난 대답 대신 침묵을 하고 말았지요.
그날부터였어요.
당신을 마주할 때면 항상 그날의 미안함을 갖고 마주해 도무지
눈을 맞추기가 어려웠어요.

하지만 당신은 달랐어요.
당신은 날 아무렇지도 않다는 듯 담담하게 대했지요.
입대를 앞둔 내게 갑자기 찾아와서는 "군대 간다며? 왜 얘기 안
했어?"라며 밥집에 데려가더니 계산까지 자기가 다 했죠.
휴가를 나오는 날에는 군인인 게 부끄러워서 멀찌감치 뒷자리에
앉아 있으면 어느새 옆에 와 인사를 건넸죠.
그러다 보니 '참 이 사람 뭐지?' 싶었죠.
하지만 때로는 당신의 그 아무렇지도 않다는 태도와 뻔뻔할 만큼
의 담담함이 내게는 참 따뜻한 온기를 가져다줬다는 걸 당신은
모르겠죠.

누군가가 그러더라고요,
인생이란 뒤로 걷는 꽃길 같은 거라고.
그 말이 정말 맞다면 난 당신이 살아갈 세상에,
당신의 발이 닿게 될 곳곳에
아무도 모르게 꽃 한 송이를 놓아두고 싶어요.

그러던 차에 오늘, 어쩌자고 이 새벽에 이 글을 써내는 건지 모르겠어요.
내일 전역하는 날인데, 그렇다고 해서 당신과 내 관계는 달라질 게 없을 텐데…….

달라질 게 있다면 단 하나.
시린 겨울 끝자락의 당신이 내게 인사를 건네 와 무심하기 짝이 없는 내 기억에 하나둘 작은 추억을 그려줬던 것처럼, 그렇게 당신에게 다가갈 것이라는 것만 빼고 말이에요.

어쩌면 난 여전히 누군가에게 인사를 건네는 게 두려울지도 모르겠어요.
하지만 당신이라면 괜찮을 것만 같은 기분이 들어요.

당신이 이런 내 마음을 몰라줘도 상관없어요.
그저 왔던 길을 다시 천천히 걸어가면 그만일 테니까요.

그러니 그때 다시 한 번만 나에게 환히 웃어줘요.
처음 당신이 내게 다가와 인사를 건넨 그날처럼…….

이것만은
꼭!

분명 똑같은 하늘인데, 좋아하는 사람과 데이트하는 날.
유독 그날 바라본 하늘과 상사한테 혼이 난 후 바라본 하늘이 다른 이유는 뭘까.

바다가 푸른 이유는 뭘까.
구름이 하얀 이유는?
대낮이 눈부신 이유는?
'아름다움'의 기준은 대체 뭘까.

첫눈이 오던 날, 내 옆에 누가 있는지 그게 뭐가 그렇게 중요한 걸까.
미지근함의 온도는 어느 정도를 말하는 걸까.
별은 왜 반짝이는 걸까.

당신은 왜 많고 많은 사람 중 하필 내 앞에 나타나 이토록 가슴 떨리게 하는 걸까.

138

짝사랑이 대체 뭐기에.
남들도 다 갖고 있는, 그 세 글자 이름만 생각해도 왜 그렇게 애틋한 걸까.

푸른 바다도.
하얀 구름도.
눈부신 하루도.
그리고 당신도…….

뭐 아무렴 어때?
이유를 몰라도 괜찮아.
이유가 뭐가 됐든 신에게 감사했거든.
기뻤어, 당신을 볼 수 있는 눈을 주셨다는 게.
그것도 두 개씩이나!

하지만 이것만은 꼭 기억해주렴.

당신이 살아가는 이 세계에,
당신을 사랑했던
누군가가 있었음을.

항상 나보다 남을 먼저
생각할 필요는 없는걸

지식인이라면 적을 사랑할 수 있을 뿐 아니라 친구를 미워할 수도 있어야 한다.

프리드리히 니체

항상 나보다 남을 먼저 생각할 필요는 없어요.
그렇다고 남도 날 먼저 생각하는 일은 생각보다 드무니까요.

'때로는 이기적이어도 괜찮다'는 말, 혹시 들어보았나요?
그 말을 들을 때면 사람들은 대부분 "말도 안 되는 얘기"라며 코
웃음을 쳐요.
그러면 사회에서 낙오자가 되어버린다나요?

그저 그 말의 진짜 뜻은 누군가를 의식해서 뭔가를 하는 것이 아
니라, 나 자신에게 좀 더 솔직해지라는 것 아닐까요?

사람은 누구나 좋은 사람으로 보여지길 원해요.
하지만 좋은 사람의 기준은 다 다르답니다.

꼭 이기적이지 않다고 해서
낙오자가 되지 않는 건 아니에요.
그렇다고 이기적이라고 해서
낙오자가 되란 법은 없으니까요.

05

나에게
익숙해지고 싶던
순간들

돈 많은 사람과 내면적 사색이 충실한 사람,

누가 더 행복할까.

사색하는 쪽이 훨씬 더 행복할 것이다.

랠프 왈도 에머슨

그럴 수도
있지

세상의 모든 일은 여러분이 무엇을 생각하느냐에 따라 일어납니다.

오프라 윈프리

직장 혹은 학교에서 실수하여 선생님 또는 직장 상사에게 "그러면 안 돼" 하는 말을 종종 듣습니다.
한두 번도 아니고 자꾸 들으면 기분이 별로 좋지 않더라고요.
그럴 때 옆에서 누군가가 "그럴 수도 있지!"라며 한마디 해주면 왠지 힘이 나더라고요.

말의 미묘한 차이였어요.
단어만 살짝 바꿨을 뿐인데 이렇게 달라지다니…….
저는 "그럴 수도 있지, 뭐" 하며 무심히 말하는 사람들의 말이 이렇게 들리더라고요.

"실수했더라도 그런 당신을 존중해요."

이 말은 제게 공감받고 있다는 인상을 남겼어요.

저는 누군가로부터 상처 섞인 말을 들었을 때 이렇게 생각해요.

사람은 불완전하니까 그럴 수 있다고요.
저는 신이 아니기에 모든 일에서 완벽할 순 없더라고요.
아무리 애를 써봐도 '완벽'해지기는커녕 점점 자신을 잃어가는
것 같았어요.

다만, 저는 불완전하기에 가장 인간적이었어요.
사람이기에 실수를 할 수 있어요.
나도 모르게 물을 엎질러 종이를 젖게 하는 그런 것들이죠.

살면서 우리는 많은 일을 겪어요.
때로는 직장에서 실수를 범하기도 하고, 관계를 맺을 때 우를 범
하기도 해요.
그로 말미암아 자책하기도 해요.

근데 사실, 당연한 거예요.
사람이니까요.

당신의 언행으로 일이 잘못되더라도 낙담할 필요 없어요.
꼭 그래도 되는 건 아니지만, 그럴 수도 있는 거 아닐까요?

누군가가 위로를 건네지 않더라도
스스로 이렇게 말해보세요.
"그럴 수도 있지!"

혼자라도
좋아

가장 현명한 사람은 자신만의 방향을 따른다.

에우리피데스

세상을 산다는 건 뭐랄까…….
남들에게 내가 얼마나 예쁘고 잘난 사람인지 증명해 보이는 게
아니에요.
이미 내가 얼마나 사랑스러운 사람인지 알아가는 과정이에요.
그런데 살다 보면 가끔 내가 '나' 아닌 것 같은 느낌이 들때가 있
어요.

사람에 치어 나 자신을 포장하고 내면보다는 외면의 아름다움을
위해 애쓸 때 그런 느낌이 자주 들더라고요.

그럴 때는 혼자만의 시간을 가져보세요.
혼자만의 시간은 나를 가장 나답게 해주거든요.

혼자 노래방에 가 평소 부르고 싶던 노래를 가슴 터지게 불러보
는 것도 좋아요.

혼자 영화관에 가 영화를 보는 것도 좋겠어요.
단순히 영화만 보러 가는 게 아니에요.
혼자 티켓을 끊고, 혼자 팝콘을 주문하고, 혼자 좌석에 앉아보는
거예요.
영화가 시작되면서 빛을 잃어가는 조명들을 바라보아요.
그 찰나의 엄숙한, 모두가 숨죽인 깊이를 묵상해보는 거죠.

이 모든 게 낯설겠지만 뭐 어때요.
그러는 과정에서 당신은
있는 그대로의 자신을 볼 수 있을 거예요.

너무 완벽한 사람이 되려고 하지 마세요.
완벽에 집착하는 모습은 오히려 사람들에게 벽이 될 테니까요.
당신에게 오는 통로를 스스로 막아버리는 셈이 되는 거죠.

누군가는 당신의 열정을 보고 "정말 멋있는 사람이야"라고 할 수
도 있겠죠.
하지만 또 다른 누군가는 "이 사람은 비집고 들어갈 틈이 없구나"
하며 당신 몰래 돌아설 수도 있어요.

완벽한 타인은 결코 존재하지 않아요.
그저 완벽해 보이는 사람이 있을 뿐이에요.

셰익스피어의 말처럼 반짝인다고 다 금은 아니랍니다.

나 잠깐
바람 좀 쐬고 올게

돈 많은 사람과 내면적 사색이 충실한 사람 중 누가 더 행복할까. 사색하는 쪽이 훨씬 더 행복할 것
이다.

랠프 왈도 에머슨

사람들은 왜 산책하러 나갈 때 바람을 쐰다고 표현하는 걸까?
어느 날, 그 이유가 너무 궁금해서 걷고 있는 사람들에게 다가가
정중히 물어봤어요.
"선생님 혹시 왜 걷고 있는지 알 수 있을까요?"

다들 처음에는 황당해했지만 이내 나름의 이유를 들었죠.
"그냥 생각을 정리하려고요."
"어머니 재활 치료 때문에요."
"뭐, 그냥……."
대부분의 대답은 "답답해서 나왔다"였습니다.

그 와중에 나이 지긋하신 할아버지의 대답이 유난히 기억에 남
네요.
"삭신이 쑤셔서 말이지. 영 살 수가 있나."
그러고는 다짜고짜 자신을 철학자라고 소개하시는 것 있죠?

황당했어요.

이제 오히려 내 쪽에서 이상한 사람인가 보다 싶었죠.

그런데 가만 들어보니 누구에게나 문득 바람을 쐬고 싶은 날이 존재하게 마련이라고 하시더군요.

바람을 쐬는 이유는 저마다 다를 테지만, 공통점이 하나 있다면 많은 사색을 하게 한다는 것이었어요.

결국 사색을 함으로써 자신의 꿈을 찾을 것이라는 이야기였어요.

그날 할아버지의 짧은 대답은 강렬한 인상을 남겼어요.

사실 전 바람을 쐴 때 비로소 내가 나다워진다는 걸 느꼈지만, 그 이유를 명확히 설명하지 못했어요.

할아버지가 그 답을 일러준 셈이죠.

바람을 쐬고 오겠다는 말에는
단순히 밖에서 바람만 쐰다는 것 이상의
무언가가 있지 싶어요.
어쩌면 내가 누구인지를
조금씩 알아간다는
표현일지도 모르겠습니다.

이미 완성된 편지

사람이 친구를 사귀는 데는 분명한 과정이 하나 있는데, 매번 몇 시간에 걸쳐 이야기를 하고 이야기를 들어주는 것이다.

레베카 웨스트

일상 속, 종종 편지를 써야 할 때가 있어요.
기념일이나 고마운 일이라든지, 이따금 솔직한 마음을 표현할 때요.
희한한 건 막상 쓰려고 하면 마음먹은 대로 잘 써지지 않는다는 거예요.

이 말을 쓰면 나중에 좀 쑥스러울 것 같고…….
저 말을 쓰면 괜히 부담을 줄 것 같고…….
편지 한 장 쓰는 게 왜 이리 어려운 건지요?
마음을 전하는 일은 알다가도 모르겠더라고요.

편지지를 살 때를 생각해봐요.

이왕 쓰는 것, 제일 고운 색감을 골라서 주고 싶죠.
그런데 마음에 꼭 드는 건 왜 그리도 찾기 어려운 건지!

근데 편지를 쓸 때 제일 중요한 게 뭔지 알아요?
바로 손 글씨가 들어간다는 거예요.

한 글자, 한 글자…….
한 단어, 한 문장…….

누군가를 떠올리며
한 글자씩 꾹꾹 눌러쓰는 편지지 위에는
이미 당신의 마음이 실려 있어요.
아무리 아름답고 화려한 편지지를 산다 해도
결국 당신의 '마음' 그 자체만으로 된 거예요.

이미 시리도록 아름다운 것인걸요.

잠깐! 꿈에도
매듭이 있다고?

건강한 자존감은 외적 명성이나 세평, 부당한 아부보다는 타인으로부터 당연히 받을 가치가 있어서
받는 존경에 기초하고 있다.
아나톨 프랑스

하루는 놀이터에 앉아 있는데 한 아이가 눈에 들어왔어요.
자신의 운동화 끈이 풀린지도 모른 채 뛰어다니고 있더라고요.

"야, 거기 서!"
보는 내내 행여 넘어질까 봐 어찌나 조바심이 나던지, 아이의 엄
마가 올 때까지 자리를 뜨지 못했어요.

사실, 전 어른이 된 지금까지도 여전히 운동화 끈을 잘 묶지 못해요.
마치 꿈을 갖는 건 쉬운데 이루긴 어려운 것처럼, 얼기설기 제가
손대기만 하면 어찌나 그리도 잘 꼬이는 건지……
단순해 보이는데도 늘 힘들더라고요.
꿈을 꾸는 데에도 매듭이 있는 것 같다고나 할까?

사람은 저마다 꿈을 갖고 있어요.
세계 일주라든지, 변호사가 된다든지, 의사 신분으로 의료선교를

나간다든지 등등…….
누구나 꿈을 가질 권리는 있으니까요.

하지만 때로는 그 꿈을 지킬 줄도 알아야 한다는 것!
이거 알아요?
꿈을 꾸는 데 가장 중요한 것은 상상력도,
현실성도, 돈도, 사회적 지위도 아니에요.
그저 '매듭을 짓는 자세'예요.

만약 우리 중 누군가와 함께 길을 걷고 있는데 누군가의 운동화
끈이 풀렸다고 생각해보세요.
대부분의 사람은 가던 길을 멈추고 끈을 좀 더 꽉 조인 다음 다시
묶을 거예요.
지금 제대로 묶지 않는다면 끈은 언젠가 또다시 풀리고 결국 질
질 끌리게 될 테니까요.

꿈도 마찬가지예요.

신발 끈이 풀렸을 때 그 자리에서 바로 묶는 사람이 있을 거예요.
또 스마트폰으로 매듭법을 검색해서 다시 처음부터 묶는 사람도
있을 거예요, 바로 저처럼요.

갖가지 매듭법이 생겨난 것도 누구나 더 예쁘게 매듭을 짓고 싶
어 하는 마음에서 비롯되었을 거예요.

꿈을 꾼다는 것.
그것은 얼마나 멋있는 꿈을 꾸느냐의 문제가 아니에요.
단지 그 꿈의 매듭이 얼마나 확실히 지어졌는지 그 차이인걸요.

지금 꿈의 끈을 제대로 꽉 묶어봐요.
그러면 마음껏 뛰어도, 혹 넘어지더라도 결코 풀리지 않을 거예요.

당신은
참 멋진 사람이다

이 세상에 위대한 사람은 없다. 단지 평범한 사람들이 일어나 맞서는 위대한 도전이 있을 뿐이다.
윌리엄 프레드릭 홀시

당신, 되게 멋진 사람인 거 알아요?
어떤 일을 할 때 확신을 갖는다는 것.
이를테면 꿈 혹은 계획이라든지 당신이 가고 싶은 길을 꾸준히
걸어간다는 것.

사실, 아무나 할 수 있는 거 아니거든요.

남들의 부담스런 시선과 끝없이 생겨나는 불안, 의심을 밀어내며
자신의 목표를 당당히 말하고 그 꿈을 향해 계속 나아가는 것은
정말 대단한 겁니다.

누군가는 당신의 꿈 이야기를 믿지 않을 거예요.
그럼에도 끝까지 자신을 믿고 가보세요.

당신이 걸어갈 그 길 끝에는
당신만 얻을 수 있는 보상과 대단한 결말이
당신을 기꺼이 기다리고 있을 테니까요.

세상에서
제일 중요한 날

너 자신이 되라, 다른 사람은 이미 있으니까.

오스카 와일드

소식 들었어요.
오늘이 당신에게 엄청 중요한 날이라고요.
머리는 어떻게 할까, 옷은 무엇을 입어야 할까······.
당신은 고민할 테지요.

괜찮아요, 뭐 어때요?
머리도 확 위로 올리는 것보다 한두 개 정도 나와 있는 게 자연스
러운 것처럼, 가끔 셔츠도 다 넣어 입는 것보다 적당히 빼입는 게
자연스럽고 멋있는 법이니까요.

당신은 당신다울 때
가장 예뻐요.

잘난 사람 혹은
잘나 보였던 사람

시간은 우리를 변화시키지 않는다. 시간은 단지 우리를 펼쳐 보일 뿐이다.

막스 프리슈

저는 어렸을 때 되고 싶은 게 참 많았어요.
의사, 변호사, 교사, 승무원…….
하고 싶은 것도 참 많았어요.
세계 일주, 외제 차 타기…….
영화 속 잘나가는 주인공의 삶을 살아가는 그런 저를 꿈꿨죠.

그런데 지금은 달라요.
그때의 순수함과 아름다움이 영원할 것만 같던 세계를 생각할 때
면, 저의 세상은 막연한 두려움뿐이니까요.

그러면서 자연스레 SNS에 자기 근황을 올리는 주변 사람에게 고개를 돌리게 되더라고요.
어찌나 부럽던지!
실제로 알고 보면 나보다 더 잘난 사람들이 아닌, 그저 '잘나 보였던 사람들'이었는데 말이죠.

여러분도 그런 적 있나요?
일상 속, 그런 사람들의 소식만 접해서 그런지 자신감은 나날이 제로에 가까워졌을 때요.
어떻게 하면 나도 그 사람처럼 잘나 보일 수 있을지 연구하다 보니, 순수함은 이미 빛을 잃어 꺼진 지 오래더라고요.
주변 사람들이라고 다를 바 없던 그런 때요.
나보다 잘난 사람의 곁을 쫓아가려 아등바등 사는 내가 꼭 하루살이 같아 보이더라고요.

남들 눈엔 이미 내가 잘나 보일 수 있을 텐데.
가끔 알면서도 모른 체하며 스스로를 꾸미려 든 게 아닐까 하는
그런 마음 있잖아요.
난 나 자체로 이미 완성된 사람인데 말이죠.

그런데 문득 오늘 이런 생각이 드네요.
어쩌면 그 모든 날을
스스로가 인정하기 싫었던 게 아닐까.
내 단점을, 내 아집을,
내 고집을 누구보다
더 잘 아는 나였으니까.

그래도 뭐 어때?
그게 나인데

나는 자신이 사는 곳을 자랑스럽게 여기는 사람을 보길 원한다. 나는 그 지역 또한 그가 살고 있다는 사실에 자랑스러워하는 모습을 보기 원한다.

에이브러햄 링컨

일을 마치고 집 앞에 이르러 엘리베이터를 탔을 때였어요.
문 닫히기를 기다리는데, 갑자기 두 여성이 헐레벌떡 엘리베이터 안으로 뛰어 들어왔어요.

그들 중 한 명이 헝클어진 머리를 매만지며 말했어요.
"난 왜 이렇게 못생겼을까?"
옆에 있던 여성이 "넌 그만하면 됐지. 날 봐! 주변에 잘나가는 사람들에 비하면 거의 오징어라고!" 하며 킥킥댔습니다.
제가 봤을 땐 지극히 평범한 여성들이었는데, 당사자들은 그렇게 생각하지 않더라고요.

사람들은 종종 그 누구보다도 자신을 부정적으로 표현해요.
"난 왜 이 모양 이 꼴일까?"
"정말 나는 쓸모없는 인간이야!"

그들의 얘기를 들어보면 하나같이 온 세상으로부터 "당신은 정말 쓸모없는 사람이야!"라고 한바탕 악담을 들은 것 같습니다.

하지만 그거 알아요?
세상 전부가 그렇게 말한 게 아님을, 단지 그중 일부가 그런 생각을 하게 만들었다는 것을요.

자신에 대한 부정적인 생각이 들 때마다 이렇게 중얼거려보세요.

상관없어.
남들이 뭐라고 하든 난 이런 내가 좋아.
누군가가 날 싫어해도 괜찮아.
나도 그들 모두를 좋아할 수는 없으니까.
그래도 뭐 어때?
이게 나인데.

그런 사람이
되고 싶어요

사람을 존경하라, 그러면 그는 더 많은 일을 해낼 것이다.

제임스 오웰

새근새근 자고 있는 딸아이 방문을 완전히 닫아두기보단, 행여 큰 소리가 나 잠에서 깨면 언제든 달려와 아이를 품에 꼭 안을 수 있는 그런 아빠가 되고 싶어요.

가진 건 별로 없어도 가족에게만큼은 언제나 애교부릴 수 있는 그런 아빠가 되고 싶어요.

가끔 주변 사람들에게 "넌 닮고 싶은 사람이 누구야?"라고 물어봅니다.
그러면 대개 꼽는 대상은 사회에서 영향력을 끼치는 사람들이죠.
위인, 연예인, 전직 대통령······.

물론 제일 인상 깊었던 대답도 있어요.
우리 일상에서 가장 많이 얼굴을 맞대는 바로 부모님.

부모님은 '또 다른 나'예요.
닮고 싶은 사람이 있다는 것은
나도 그처럼 되겠다는
희망을 품고 있는 거예요.
많은 이가 롤모델로 유명인사를 꼽지만, 사실 살면서 가장 많은
영향을 끼치는 사람은 바로 부모님이죠.

가장 멀리 있는 사람을 닮고 싶어 하지만, 정작 "넌 네 아빠를 쏙
빼닮았어" 하는 소리를 듣는 것.
위대하다고 평가받는 사람의 행동 하나하나를 실천하고 싶어 하
지만, 어느새 평범한 일상 속 부모님이 했던 행동을 나도 모르게
똑같이 하고 있는 것.

어쩌면 제가 부모님을 닮은 아빠가 되고 싶어 하는 것 역시 이 때
문일지도 모르겠네요.

아빠는 내게 맞는 법을
알려줬다고 생각했는데

아버지는 내게 남자 되는 법을 가르쳐주셨는데, 남자다움이나 남성우월주의를 주입시키는 방식은 아니었다. 아버지는 내게 진정한 남자란 받지 않고 베풀며, 힘이 아닌 논리를 사용하고, 문제를 일으키는 사람이 아닌 문제를 해결하는 사람이며, 그중에서도 진정한 남자는 바지 속이 아니라 마음속에 무엇이 있으냐에 따라 결정된다는 가장 중요한 가르침을 주셨다.
케빈 스미스

어릴 적 친구와 주먹질로 다투고 돌아오던 어느 날이었어요.
당시 아버지는 성경 말씀을 제게 가르쳐주시곤 하던 때였어요.

하루는 친구와 주먹으로 치고받았는데, 몸 곳곳이 상처투성이가
되었죠.
호된 꾸지람을 받을 거라고 생각해 마음 단단히 먹고 현관에 들
어섰어요.
그런데 저를 본 아버지는 아무 말씀도 안 하셨죠.

그날 밤, 아버지는 조용히 다가와 수수께끼 같은 말씀을 했습니다.
"재인아, 많이 속상했지? 싸움은 어지간하면 피하는 게 좋다. 하지만 어쩔 수 없다면, 오른편 뺨을 치거든 왼편 뺨마저 돌려 대어라."

차라리 때리는 법을 알려주시지, 오히려 더 맞으라는 건 대체 무슨 말씀이람?
내심 서운했죠.

어느 날, 영화관에서 〈캡틴 아메리카〉를 보는데, 주인공의 옛 시절이 나왔어요.
예전 그의 덩치는 작고 깡말라서 동네 양아치들에게 늘 맞고 다니던 장면이 나오더라고요. 그런데 그렇게 맞으면서 하는 캡틴의 말이 인상적이었죠.

"하루 종일이라도 할 수 있어."
내가 듣기론 "너희가 날 수없이 때려도 난 끝내 일어설 수 있다" 하는 말 같았어요.

그때 얼마 전에 싸우고 들어온 날 밤, 아버지가 해주신 말씀이 떠오르더라고요.
"누가 네 오른편 뺨을 치거든 왼쪽 뺨마저 돌려 대어라."
그건 성경 구절이었어요.

그날 밤, 어쩌면 아빠는 제게 주먹 쥐는 법이 아닌, 누군가를 때리는 법도 아닌, 끝까지 일어서는 법을 가르쳐줬는지도 모르겠어요.

상대방을
힘으로 제압하는 게 아니라,
때리는 그들로 하여금
스스로 포기하게 만드는 법을요.

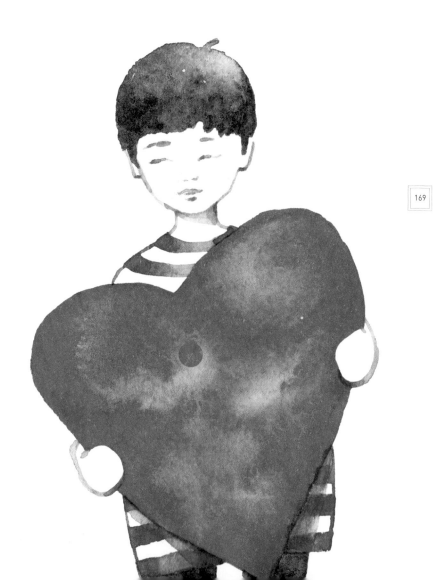

06

찰나에
익숙해지고 싶던
순간들

인생은 사람들 앞에서

바이올린을 켜면서

바이올린을 배우는 것과 같다.

새뮤얼 버틀러

카메라 렌즈가
하나같이 차가운 이유

허물이 있다면, 버리기를 두려워 말라.

공자

주변을 보세요.

요즘 SNS에는 특이하게도 '감성샷'이라는, 자신의 사진을 곁들인 글이 많이 올라와요.

카페이든, 놀이동산이든, 집이든, 그 어디가 됐건 4인치 되는 스마트폰의 뒷면에 박힌 차가운 렌즈는 찍은 만큼 담아냅니다.

제 역할에 충실한 셈이지요.

나뿐만 아니라 주변 사람들도 여전히 이 방법을 고수하지요.

단 한 장의 내 것을 건지기 위해 수십, 수백 장을 찍곤 합니다.

그러다 찍은 사진을 옆으로 넘기며 마음에 드는 사진을 발견할 때면, 왠지 모를 짜릿한 감정이 오르면서 이따금 멈칫할 때도 있어요.

바로 의도치 않게 찍힌 내 모습 속 '나한테 이런 표정이 있었나? 옆에서 보면 난 이렇게 생겼구나' 하는 미묘함이 동반할 때이죠.

비단 이것은 4인치 화면으로만 느낄 수 있는 감정은 아닙니다.
찍은 만큼만 담아내는 온기 없는 렌즈와는 달리 우리의 눈은 결
코 그렇지 않으니까요.
생각해보세요.
이따금 슬플 때면 눈물을 흘리기도 하고, 놀랄 때면 눈이 동그래
지기도 하며, 기쁠 때면 가끔 입꼬리가 올라오는 동시에 살포시
눈웃음을 짓는 자신을.

당신은 이것들을 자신 모르게 하고 있지 않나요?

그것이 바로 당신과 내가 감정을 느낄 줄 안다는 것, 살아 있다는
게 아닐까요?

찍은 만큼 담아내는 렌즈가 제 역할에
충실한다 한들, 두 눈을 깜빡거리는 것에 비하면
죽은 거란 얘기이니까요.
그래서 어쩌면 스마트폰의 렌즈가 하나같이
신기하리만큼 차가운 걸지도 모르겠네요.

찍은 사진을 바로 올리는 사람이 있는가 하면 보정을 거치는 사
람도 꽤나 볼 수 있어요.
일명 '필터링'을 거치는 셈이지요.
신기한 건 성형에 부정적인 이들도 보정이라는 디지털 성형에 대
해서는 직접 '작업(Touch)'하는 아이러니를 보인다는 겁니다.
감성사진을 비하하는 것은 아니에요.

단지 당신이 담아낸 그 정직한 사진이 곧 당신과 그곳의 전부는 아니란 얘기지요.

만약 당신이 빵집에 갔는데 너무 맛있는 빵이 있어 SNS에 사진을 찍어 게시물을 올렸다고 생각해보세요.
빵을 집었을 때의 바스락거리는 질감, 입 안에 넣었을 때의 늘어나는 치즈의 풍미, 막 데워진 따뜻한 온기, 그리고 알바생의 친절한 미소까지도…….
암만 찍은 만큼 담아내는 정직한 렌즈라고 해도 모든 것을 담기에는 다소 무리가 있잖아요?

4인치 크기의 화면 안에서 마치 날 찾을 수 있다는 위험한 착각!
대개 그런 착각은 보는 사람으로 하여금 좌절감과 패배의식을 선사하기도 하기에, 주변의 역할에 충실한 도구들을 한 번쯤 의심해보아야 하는 건 아닐까요?
날마다 당신의 스마트폰을 빼곡히 채우는 게시물이라든지, 잘나가는 사람의 SNS에 올라오는 사진이라든지…….

어쩌면 우리는 지금 살고 있는 이 세상을, 가장 잘 활용하는 수단으로 말미암아 잘못 이해하고 있는지도 모르겠어요.

인생이
아름답다고 느낄 때

인생은 사람들 앞에서 바이올린을 켜면서 바이올린을 배우는 것과 같다.

새뮤얼 버틀러

지금 돌아보니 내가 갖고 있던 믿음, 생각, 내가 분명 옳다고 확신
하던 것이 10년 후, 20년 후에는 어떻게 달라질지 모르는 게 인생
인 것 같아요.
예전에는 분명 이 길이 옳다고 생각했는데, 이게 맞는 선택이라
고 생각했는데 말이죠.
'그게 다가 아니었구나' 하는 순간들 있잖아요.

달리는 열차 안 당신이 창밖의 풍경들을 보고 있다고 상상해보세요.
세상에, 열차가 얼마나 빠른지!
눈 한 번 깜빡이면 풍경을 느낄 새도 없이 빠르게 지나가는 시간들.
인생이란 바로 그런 게 아닐까요?

사람은 누구나 옳다고 생각하는 것이
하나씩 있게 마련이에요.
대부분의 인생은
시간이 어느 정도 지나고 나서야
비로소 아름다웠음을 알아챕니다.

이따금 당신의 일상이 고될 때면, 당신의 지나온 그 풍경들을 하나씩 천천히 돌아보는 게 어떨까요?
공허함을 달래고 싶은데 어떻게 채워야 할지 도무지 감이 안 잡힐 때, 그럼 당신의 인생에도 '돌아보는 기쁨'으로 꽉 찰 수 있을 테니까요.

드라이
플라워

인생은 3막이 고약하게 쓰인 조금 괜찮은 연극이다.

트루먼 카포트

아무리 예쁜 꽃이라도 관심을 주지 않으면 그 꽃은 말라비틀어져요.

하지만 적절한 온도와 습도 그리고 나의 온전한 손길이 닿기 시
작하면 비로소 꽃다워집니다.

기억도 마찬가지예요.
그냥 두면 단지 빛바래가는 기억일 뿐이지요.
하지만 오랜 시간 애정을 기울이면 마치 어제 일어난 일인 것처
럼 추억됩니다.

어쩌면 사람들이 꽃을 사는 건
꽃을 보고 싶어서가 아닌, 그 꽃에 담긴 기억을
추억으로 남겨두고 싶어서일지도 모르겠네요.

진정한 기쁨 한 조각은
어디로부터 오는가?

만족은 결과가 아니라 과정에서 온다.
제임스 딘

우린 이따금 예상치 못한 곳에서 사소한 기쁨을 얻는다.
문이 열리며 "아빠 왔다" 하는 소리에 바라보면 먹고 싶었던 치킨
이 아빠 손에 들려 있다.

망쳤다고 생각한 시험 성적이 생각보다 좋게 나왔을 때…….
모두가 내 생일을 잊었다고 생각한 순간, 누군가가 "해피 벌스 데
이 투 유" 하면서 촛불 켠 케이크를 들고 올 때…….
어느새 점심시간을 알리는 종소리
'엘리제를 위하여'가 울릴 때…….
우리는 사소한 기쁨을 얻는다.

인간은 행복해지기 위해, 완전해지기 위해 아등바등 온갖 노력을
기울인다.
하지만…….

진정한 기쁨 한 조각은
생각지 않은 아주 사소한 순간에
어디선가 날아온다는 걸
놓치고 있는지도 모른다.

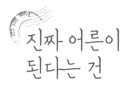

진짜 어른이
된다는 건

썰물이 빠졌을 때 비로소 누가 발가벗고 헤엄쳤는지 알 수 있다.

워런 버핏

우리는 매일 크고 작은 선택을 해요.
그러면서 이 선택이 내게 어떤 영향을 미칠지 깊은 고민을 하기
도 합니다.

왜냐하면 지금 내리는 이 결정이 훗날 후회로 돌아올 수 있으니
까요.

누군가에게는 참 쉬운 선택일 수도 있겠구나, 하는 생각이 들 때
도 있어요.
하지만 내게는 왜 이토록 어려운지, 스스로를 닦달해도 답이 나
오지 않는 때도 많더라구요.

그러다 감정 따라 결정을 해버리죠.

그런데 그거 알아요?
감정대로 훅 내린 결정은
스스로 책임질 줄
알아야 한다는 것을요.

그게 바로 진짜 어른이에요.

이 세상에 사랑스럽지 않은
이름은 없다

중력, 중력 때문에 땅에 설 수 있지, 우주에는 중력이 전혀 없어, 발이 땅에 붙어 있지 못하고 둥둥 떠
다녀야 해, 사랑에 빠진다는 게 바로 그런 느낌일까?
조쉬 브랜드

우리는 살면서 많은 이름을 접해요.

이름에는 다양한 성이 있어요.
김씨, 박씨, 이씨, 최씨…….
그런데 신기하지 않나요?

단지 세 글자 남짓일 뿐인데요.
이름은 그 사람의 성격, 인물됨, 말투, 됨됨이를 동반한 참 많은
것을 보여줘요.

사랑도 마찬가지예요.
사랑이 정확히 뭔지는 모르지만 그럼에도 사랑한다는 건…….

단어의 뜻을 모른다는 불쾌감보다 도리어 설렘과 두근거림을 경험하게 해줘요.

때때로 누군가를 떠올릴 때면
오히려 이루 말할 수 없을 만큼
큰 기쁨을 느끼는 것.

그건 어쩌면 이 세상에 사랑스럽지 않은 이름은 없다는 걸 보여주는 것일지도 모르겠어요.

첫눈이 아름다운 이유를
당신은 아나요?

낙관주의는 성공으로 인도하는 믿음이다. 희망과 자신감이 없으면 아무것도 이루어질 수 없다.

헬렌 켈러

첫눈이 아름다운 이유는 금년 들어 처음 내린 눈이기 때문이 아니다.

소복이 쌓인 눈처럼 하나둘 쌓인 과거의 기억들이 추억되기 때문이다.

짝사랑이 아름다운 이유는 풋풋한 사랑을 했기 때문이 아니다.
가장 순수했던 시절 뭣 모르는 때에 누군가를 사모했기 때문이다.

인생이 아름다운 건 이 때문이 아닐까.
당신과 내가, 우리가 살아 있다는 것.
그것은 이 모든 걸 보고 듣고
느낄 수 있다는 뜻일 테니까.

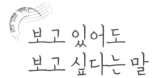

보고 있어도
보고 싶다는 말

이별의 아픔 속에서만 사랑의 깊이를 알게 된다.

조지 엘리엇

가끔 가족이나 이성과 이야기를 나눌 때면, 그 사람이 앞에 있는데도 절로 보고 싶다는 말을 중얼거릴 때가 있어요.

보고 있어도 보고 싶다는 말.

그건 정말이지, 상대방을 향한 당신의 마음이 깊다 못해 관통해버렸다는 뜻이에요.

누군가를 정말 사랑해본 사람은 이 말이 결코 얕은 마음에서 나오는 게 아님을 알아요.

그러니 누군가가 당신을 보고 있음에도 보고 싶다고 한다면 기뻐하세요.

그 말은 당신이 정말 애틋하리만큼 가치 있다는 얘기니까요.

꿈은
짝사랑을 닮았다

강렬한 사랑은 판단하지 않는다. 주기만 할 뿐이다.

마더 테레사

꿈은 중간부터 기억나요.
언제부터 잠이 들었는지…….
어디서 꿈이 시작되었는지…….
어떻게 된 일인지…….
꿈은 감쪽같아요.

이런 거 보면 꿈은 참 짝사랑을 닮았어요.

마치 똥 마려운 강아지처럼
나 혼자 사랑하고요.
나 혼자 좋아한 건데
나 혼자 이불 뒤집어쓰고요.
그녀를 생각할 때,
이불을 차던 나였는데 말이죠.

쓴 약일수록
더 달다고?

쉽게 빠져나가는 방법은 없다. 있었다면 그 방법을 썼을 거다. 정말이지, 그런 방법은 내가 가장 좋아하는 것 중 하나일 거다!

오프라 윈프리

몸이 아파 약을 먹을 때면 너무 써서 인상을 찡그릴 때가 가끔 있어요.
약국에 갈 때마다 약사 선생님은 묘한 웃음을 지으며 말하시죠.
쓴 약일수록 더 잘 듣는 법이라고…….

그게 진짜인지 아닌지 전 여전히 몰라요.
단지 그 약사 선생님은 마치 아무 맛도 없는 가래떡을 오래 씹으면
고소한 맛이 난다는, 그런 걸 표현하고 싶었던 게 아닐까 싶어요.

쓴 약일수록 더 잘 드는 법이다.
그 말은 어쩌면 예측하지 못한 미래에 대한
불안감 때문에 오는 게 아닐까요?

당신이 보내는 모든 날 모든 순간, 늘 불안감과 불완전함이 도사
리고 있는 것처럼.

행여 잘못 삼키면 어쩌나…….
약이 너무 써서 몸이 더 나빠지는 게 아닐까 했던, 왠지 모를 불안
감 같은 그런 형태로요.

이 꽃의 이름을
당신은 이미 알고 있다

자신이 성공하는 내면의 그림을 마음속에 명확히 그리고 지울 수 없게 각인시켜라. 이 그림을 끈질기게 간직하라. 절대 희미해지도록 내버려두지 마라. 당신의 마음이 이 그림을 실현하기 위해 노력할 것이다. 당신의 상상 속에 어떠한 장애물도 두지 마라.

노먼 빈센트 필

당신은 꽃을 볼 때 무슨 생각을 하세요?
저는 꽃을 볼 때 가끔 이런 생각을 해요.

꽃이라는 단어가 주는 산뜻함 생동감.
그리고 그 꽃들이 만들어낼 광활한 풍경.

이런 것이 진정 꽃을 돋보이게 한다고…….

이따금 제가 꽃을 심은 사람도 아닌데 대견하더라고요.

저 혼자 비바람 맞으면서 얼마나 스스로를 다독였을까.
많이 아팠을 텐데…….
정말 힘들고 어려웠을 텐데…….
슬펐을 텐데…….

누군가의 눈에는 작은 꽃이지만 제 눈에는 마치 어머니 꽃 같더라고요.

어머니라는 이름이 주는 애틋함.
그 단어 자체로 더해지는 생동감.
꽃으로 피어나기까지의 고단함.

그건 한 아기가 이 세상에 나오는 순간들을 담아내는 것 같았어요.
당신에게 모든 걸 건 부모님들도 "어라? 이 꽃 꼭 누군가를 닮았다는 생각이 드는데!" 할 거예요.

누군가에게는
평범한 사람 중 하나일지라도,
누군가에게는
모진 시간을 견디며 탄생한
위대한 어머니의 하나뿐인 꽃.
그렇게 해서 탄생한 사람인
바로 당신을요.

새벽이
온다

우리만이 사랑할 수 있고, 이전에 그 누구도 우리만큼 사랑할 수 없었으며, 이후에 그 누구도 우리만
큼 사랑할 수 없음을 믿을 때 진정한 사랑의 계절이 찾아온다.
요한 볼프강 폰 괴테

새벽만 되면 생각나는 이름, 그게 나이고 싶었어요.

당신이 보고 싶었어요.
세상의 보여지는 화려함보다 이 새벽 내가 가장 나다워지는 시간.

깜빡이도 없이 내 마음에 훅 들어와 내 마음을 휘젓고는 언제 그
랬냐는 듯 슝 사라지는 당신을 보고 싶었어요.

이런 것을 보면 새벽은 참 위대하네요.
하지만 이 새벽만 되면 생각나는 이름이 당신의 이름이라는 것.
전 그게 참 좋네요.

그냥 당신이라서……
당신이 거기 있어줘서……
이 새벽의 시작과 끝이 당신이라서……
전 그게 참 좋습니다.

사람들의 작은 배려는
때때로 감동을 준다

등 뒤로 불어오는 바람, 눈앞에 빛나는 태양, 옆에서 함께 가는 친구보다 더 좋은 것은 없으리.

에런 더글러스 트림블

사람들의 작은 배려는 때때로 감동을 줘요.

엘리베이터 문이 닫히기 직전, 헐레벌떡 뛰어오는 사람을 보고
재빨리 열림 버튼을 꾹 누른다거나 뒷사람이 다치지 않게 안으로
들어올 때까지 문을 잡아준다거나 하는 작은 몸짓들…….

이런 사소한 배려가 누군가에게는 잔잔한 감동을 줍니다.

하지만 진정한 배려는
단순히 받기만 하는 게 아니에요.
다른 사람에게 당신이 받았던 그 마음을
표현할 때 비로소 더 큰 감동을 더해주니까요.

남들도 모르게 하나둘 실천하는 그 마음이 당신을 더욱 사랑스럽게 만든다는 걸 당신은 아나요?

외제 차를 타고 다닌다고 해서 더 행복한 삶을 사는 것은 아니에요.
당신이 만들어가는 사소한 배려.
전혀 예상치 못한 곳에서 느껴지는 당신만의 온기.
그 속에 배어 있는 따뜻함까지…….

주변 사람들을 끌어당기는 당신만의 독특한 향기를 만드는 거니까요.

어둔 밤, 환하고 따뜻한 햇불 주위로 사람들이 모여드는 건 당연한 거니까요.

영화 같은 삶은
멀리 있는 게 아니다

생각하는 대로 살지 않으면 사는 대로 생각하게 된다.
폴 발레리

영화 같은 삶은 멀리 있는 게 아니에요.

당신을 행복하게 해주는 사소한 것들.
그 모든 게 실은 당신의 삶을 진짜로 빛내주는 것이니까요.

한 편의 영화가 만들어지기 위해서는 많은 사람이 필요해요.
감독을 비롯하여 스태프, 배우 들까지⋯⋯.

하지만 인생은 그렇지 않아요.
사랑하는 사람들과 함께 있는 것만으로도 이미 언제 어디서나 그
곳은 영화 촬영지의 짜릿한 풍경이지요.

생각해보세요.
상대의 말 한마디, 행동 하나하나가 곧 대사인 그런 세상 안에서
살고 있는 우리 모습을요.
오늘과 내일 그리고 다음 날은 어떤 장면이 펼쳐질지 말이에요.

벌써부터 기대가 되지 않나요?

그중 정말 기대되는 건 딱 하나예요.
그건 바로 이 영화의 주인공인
당신입니다.

전 그게 **참 좋네요**
그냥 **당신이라서**
당신이 거기 있어줘서

초판 1쇄 인쇄 2019년 2월 20일
초판 1쇄 발행 2019년 2월 27일

지은이 | 이재인
펴낸이 | 전영화
펴낸곳 | 다연
주 소 | 경기도 고양시 덕양구 은빛로 41, 502호
전 화 | 070-8700-8767
팩 스 | 031-814-8769
이메일 | dayeonbook@naver.com
편 집 | 미토스
디자인 | 디자인 [연:우]

ⓒ 이재인

ISBN 979-11-87962-19-9 (03810)

※ 잘못 만들어진 책은 구입처에서 교환 가능합니다.

이 도서의 국립중앙도서관 출판예정도서목록(CIP)은 서지정보유통지원시스템 홈페이지
(http://seoji.nl.go.kr)와 국가자료종합목록시스템(http://www.nl.go.kr/kolisnet)에서
이용하실 수 있습니다. (CIP제어번호 : CIP2019006204)